# Am anderen Ufer

Leigh Sauerwein

# Am anderen Ufer

Illustrationen von Hanno Rink

Aus dem Amerikanischen von Sabine Herting

Verlag Sauerländer
Aarau · Frankfurt am Main · Salzburg

Leigh Sauerwein
Am anderen Ufer

Aus dem Amerikanischen von Sabine Herting
Umschlagbild und Illustrationen von Hanno Rink



First published by S.A. Gallimard Jeunesse, Paris



Printed in Germany

ISBN 3-7941-3903-8
Bestellnummer 01 03903



Die Deutsche Bibliothek – CIP-Einheitsaufnahme

Sauerwein, Leigh: Am anderen Ufer / Leigh Sauerwein. Ill. von Hanno Rink. Dt. von Sabine Herting. – Aarau; Frankfurt am Main; Salzburg: Sauerländer, 1995
Einheitssacht.: Sur l'autre rive ‹dt.›
ISBN 3-7941-3903-8

Sturmwarnung
1989

Seitdem Joe Budd zehn Jahre alt war, sahen die Leute in Beaver Creek ihn auf seinem Fahrrad zum Hamburger-Stand von Jonathan Walking Bear hinausfahren. Mit viel Geschick hatte der Indianer einen alten Wohnwagen umgebaut, der einige Meter von der Straße entfernt zwei Kilometer außerhalb der Stadt stand, dort wo die Maisfelder in die Prärie übergingen. Als Joe zwölf Jahre alt wurde, hatte Jonathan die Räder des Wohnwagens immer noch nicht abmontiert, und er hielt seinen 76er Ford Pickup-Laster gut in Schuß. «Nur für den Fall, daß ich vielleicht umziehe, eine kleine Reise mache oder so was», sagte er immer.

Jonathan war schon sehr viel herumgereist.

Joes Mutter, Margaret Rachel, ließ ihn gehen, wann immer er Lust hatte, Jonathan Walking Bear zu besuchen. Dann stürzte Joe aus dem sauberen, kleinen roten Backsteinhaus, das an der Sorrel Road stand, und sprang auf sein Fahrrad. Er ließ das geblümte Sofa und die wohlaufgeräumte Küche hinter sich und fuhr durch die Stadt mit dem weißen Kirchturm, hinaus zu Jonathan.

«Wie können Sie Joe immer da hinausfahren lassen?» fragte alle paar Tage die Nachbarin, eine stämmige, nervöse Frau mit rosa Wangen. «Er verbringt mehr Zeit mit diesem verrückten Indianer als mit Ihnen!»

Doch Rachel entgegnete immer freundlich: «Die beiden verstehen sich gut. Es wird ihm schon nicht schaden. Der Junge hat keinen Vater, da braucht er die Gesellschaft eines Mannes.»

Rachel Budd hatte geheiratet, weit im Osten, im Sommer nach ihrem letzten Collegejahr. Jeder hatte von dem tragischen Tod ihres Mannes sechs Monate später gehört und wußte, daß sie dann bei ihrer Großmutter in Vermont gewohnt hatte, bis das Baby geboren wurde. Als sie dann nach Beaver Creek zurückkehrte, trug sie einen Ring am Finger und hatte ein schwarzhaariges, blauäugiges Kind im Arm. «Genau wie die Mutter», sagten die Leute. Und sie war geblieben.

Es war nun keine Rede mehr davon, den Ort zu verlassen und in irgendeiner Großstadt ein besseres Leben zu führen. Sie fand eine Arbeit bei der Post und zog wieder in das rote Backsteinhaus ihrer Tante Tilly an der Sorrel Road, wo sie aufgewachsen war.

Man beobachtete sie mit ihrem Jungen. Und nach einiger Zeit erklärten die Leute, sie sei eine gute Mutter. Niemals wurde schlecht über sie gesprochen. Sie lebte in aller Ruhe mit ihrem Sohn. Und niemand machte ihr das Recht streitig, ihm ihren Namen zu geben. Und so wuchs Joe Budd heran.

Und da Rachel Budd sagte, daß nichts dagegen einzuwenden sei, wenn Joe zu Jonathan Walking Bear hinausfuhr, so hatten sie auch nichts dagegen.

Weshalb Jonathan nach Beaver Creek zurückgekehrt war und seinen Hamburger-Stand mitten in der

Einöde aufgebaut hatte, das wußte niemand außer Jonathan. Doch seine Hamburger waren so gut, daß die Leute gerne die drei Kilometer Weg auf sich nahmen. Er würzte das Fleisch mit Kräutern und süßen Gewürzen und servierte es mit einer besonders scharfen Soße, deren Rezept er nicht verriet.

«Ein südamerikanisches Rezept», das war alles, was er mit seiner dunklen, leisen Stimme sagte.

«Mexikanisch, Jonathan?» wollten die Leute wissen. «Ich wette, es ist mexikanisch. Du hast doch dort eine Weile gelebt, nachdem du aus Vietnam zurückgekommen bist, stimmt doch, oder?»

Doch Jonathan schwieg. Es gab keine Möglichkeit, Jonathan zum Sprechen zu bringen, wenn er sich entschieden hatte zu schweigen.

Auch der Junge wußte das.

Jonathan war ein großer, schlanker Mann, fünfundvierzig Jahre alt. Seine Haare, die schon leicht grau wurden, hatte er nach indianischer Art zu Zöpfen geflochten.

«Hey, Jonathan, du hast die Kriegsbemalung vergessen!» riefen manche Leute, die in ihren Autos saßen und auf ihr Essen warteten. Es war wie ein Spiel, das sie jedesmal mit ihm spielten, wenn sie zum Wohnwagen kamen.

«Hey, Jonathan, wann läßt du dir die Haare schneiden?»

Wenn Jonathan die rechteckigen weißen Schachteln

hinausbrachte, in denen die Hamburger zwischen den Brothälften noch brutzelten, antwortete er manchmal ganz ruhig: «Ich bin ein Sioux durch und durch, nur meine Ururgroßmutter war eine Weiße. Als sie siebzehn war, ist sie mit einem jungen Krieger davongelaufen. Ich bin ein Lakota, und ich trage meine Haare so, wie ich will, so wie die Lakotas!»

Manchmal schaute er die Leute nur voller Verachtung an und sagte: «Ihr Einwanderer, ihr!»

Joe freute sich darüber und brach hinter dem Tresen des Wohnwagens in lautes Lachen aus. Er kam gerne hierher und half Jonathan an den Wochenenden, wenn es viel zu tun gab. Er wendete die Hamburger auf dem kleinen Gasgrill und ließ sie dann zwischen die Brothälften gleiten.

Doch manchmal war der Anhänger für Tage geschlossen, und der Pickup-Laster war verschwunden. Das hieß für gewöhnlich, daß Jonathan nach Silver City gefahren war. Wenn er zurückkam, sah er immer müde und traurig aus. Dann war es besser, ihn nicht anzusprechen.

Joe stellte ihm dennoch Fragen.

«Was machst du dort in Silver City?»

«Ich spiele, trinke und suche mir Mädchen.»

«Hast du Spaß dabei?»

«Nein.»

«Warum tust du es dann?»

«Ich vergesse dabei meine Probleme.»

«Was hast du für Probleme, Jonathan?»
«Darüber will ich jetzt nicht reden.»
Aber an manchen Tagen schaute Jonathan den Jungen an, als ob er etwas in weiter Ferne sähe, und dann kamen die Geschichten. Joe lauerte und wartete auf diese Momente, wie ein Fuchs lauert und auf seine Beute wartet.

Sie setzten sich dann in den winzig kleinen Raum hinten im Wohnwagen. Joe räkelte sich in dem einzigen zerfetzten Sessel, und Jonathan streckte sich auf dem Bett aus und zündete die Pfeife an. Trump, Jonathans hinkender gelber Hund, kam als letzter und ließ sich auf dem billigen blauen Teppich nieder.

Die besten Geschichten handelten immer von Crazy Horse, dem größten aller Siouxkrieger. Crazy Horse, Tasunke Witco, der Junge mit dem hellen Haar, den sie Lockenkopf nannten, als er noch ein Kind war, der immer allein war, den die Sioux «unseren Fremden» nannten, der den berühmten General Crook in der Schlacht von Rosebud besiegt hatte.

Crazy Horse, der den Angriff gegen Langhaar, General Custer, bei Little Big Horn anführte, der mit einem Blitz auf der Wange in den Kampf ging, dessen Körper mit aufgemalten Hagelkörnern übersät war, der einen kleinen braunen Stein hinter seinem Ohr befestigt hatte, Crazy Horse, Tasunke Witco, Hoka Hey!

Und manchmal erzählte Jonathan dem Jungen, daß Little Big Horn ungefähr ebenso schnell vorbei war, wie etwa ein hungriger Mann braucht, um sein Abendessen zu verschlingen, und wie der von den Pferdehufen aufgewirbelte Staub an diesem Tag das Licht der Sonne verdunkelte und wie Kugeln und Pfeile abprallten, bevor sie Crazy Horse treffen konnten, und daß niemals ein weißer Mann ihn je fotografieren konnte. Und wie er, als er in einem Holzhaus eines weißen Mannes im Sterben lag, nicht auf dem Bett liegen wollte, sondern es vorzog, auf dem Boden zu liegen, um der Erde so nah wie möglich zu sein, Crazy Horse, Tasunke Witco, Hoka Hey!

An den Sommernachmittagen fuhr der Junge heim und wiederholte dabei oft die Siouxwörter, die er von Jonathan gelernt hatte. Wenn er schneller und immer schneller radelte, sang er vor sich hin: «Hoka Hey, Tasunke Witco.» Er liebte besonders den Klang dieser Wörter. Sie verliehen ihm das Gefühl von Stärke. «Tasunke Witco, Hoka Hey!»

Rachel arbeitete im Postamt, sortierte die Nachmittagspost, ließ die Briefe in die Fächer gleiten. Es war sehr heiß dieses Jahr. Selbst für Nebraska. Selbst für August. Der Ventilator brachte keine Abkühlung. Wann würden sie endlich eine Klimaanlage einbauen? Vielleicht sollte sie auf dem Heimweg im Gemüseladen einige Kürbisse und eine Wassermelone kaufen. Der Junge wird sich freuen, dachte sie. Er würde ihr ein strahlendes Lächeln zuwerfen, ein Lächeln, das ihr das Herz öffnete und ihre Sorgen leicht erscheinen ließ.

Die Briefe flogen durch ihre flinken Hände in die Brieffächer. Baker, Burton, Curtis, Chadwick, Coleman ... Ich habe ihn alleine großgezogen, dachte sie. Sie war stolz darauf, doch in ihrem tiefsten Inneren fühlte sie Angst und Trauer.

Mit einem Mal vermißte sie Tilly, die Schwester ihrer Mutter. Tante Mathilda Linstrum hatte sie, als sie drei Jahre alt war, ohne das leiseste Zögern bei sich aufgenommen, nach diesem Autounfall, bei dem Rachels Eltern ums Leben gekommen waren. Das war jetzt schon so lange her. Sie konnte sich nicht einmal mehr an das Gesicht ihrer Mutter erinnern. Doch sie erinnerte sich, mit einem schmerzhaften Ziehen in der Brust, an Tilly. Die kleine gebeugte Gestalt, die sanfte helle Stimme, die leuchtenden Augen und die schnellen Schritte in der Küche, auf der Treppe. «Margaret Rachel! Hast du deine Hausaufgaben gemacht? Bist du fertig?»

Tilly, die niemals geheiratet hatte, da kein Mann eine kleine bucklige Frau heiraten wollte. Tilly, die sie ins Konzert und zu ihrem ersten Rodeo mitnahm. Tilly, die von ihr forderte, um zehn Uhr abends zu Hause zu sein, solange sie noch nicht über siebzehn war.

«Hoka Hey!» rief der Junge. Er stieß mit einem heftigen Fußtritt die Fliegengittertür des Postamts auf und hoffte, seine Mutter damit zu erschrecken.

«Weißt du, was das bedeutet? Das ist ein Kriegsruf der Sioux. Weißt du, was die Sioux gesungen haben, wenn sie in die Schlacht gezogen sind?»

Er hatte all diese Sätze gesagt, ohne einmal Luft zu holen.

Sie lächelte und sagte: «Nein, was?»

Er machte eine spannungsreiche Pause. «Sie haben gesungen: ‹Das ist ein guter Tag, um zu sterben!›»

Der Deckenventilator quirlte die warme Luft. Irgendwo jenseits des angrenzenden Maisfeldes bellte ein Hund.

«Ich weiß», sagte seine Mutter ruhig.

Der Junge drehte sich um und starrte sie an. «Das weißt du?» rief er ungläubig. Und dann, beinahe anklagend: «Wieso weißt du das?»

Rachel lachte. «Jeder, der ein wenig über die Sioux weiß, hat von diesem Kriegsruf gehört», antwortete sie. «Er ist berühmt. Sogar die Leute in Europa, ja sogar in Japan, kennen ihn. Du bist nicht der einzige.»

«Du machst Spaß», entgegnete der Junge.

«Nein, ganz bestimmt nicht», sagte Rachel mit einem Lachen, das ihre schönen weißen Zähne sehen ließ. «Laß uns jetzt nach Hause fahren.»

«Willst du sagen, daß du alles über Crazy Horse und Red Cloud und Sitting Bull und Kicking Bear weißt ...»

«Ich weiß ein bißchen über sie, ja. Komm, Joe, leg dein Fahrrad in den Kofferraum. Wir müssen noch zum Gemüseladen, bevor er schließt.»

«Wie geht es Jonathan?» fragte sie beim Abendessen.

«Oh, gut. Er ist schon lange nicht mehr nach Silver City gefahren, also sieht er auch gut aus. Wenn er von dort zurückkommt, sieht er manchmal halb tot aus.»

Nach einer Weile sagte sie: «Sag du ihm doch, daß er nicht nach Silver City fahren soll.»

Der Junge schaute überrascht auf. «Aber das tu ich doch, Mama! Jedes Mal. Er weiß, daß es ihm nicht guttut. Doch manchmal, sagt er, muß er Dinge vergessen. Und dann fährt er nach Silver City.»

Als sie gemeinsam den Tisch abdeckten, fragte Joe: «Warum fährst du nie zu Jonathan? Früher bist du doch hingefahren. Ihr wart doch Freunde, oder?»

«Das ist lange her. Das war vor deiner Geburt.»

Sie schwieg.

«Erzähl mir davon, Mama!»

«Jonathan ging nach Vietnam. Der Krieg war furchtbar für ihn, ganz furchtbar. Als er heimkehrte, war er drogenabhängig. Ich wollte ihn so nicht sehen. Er war irgendwie verrückt geworden. So haben wir uns aus den Augen verloren. Ich freue mich, daß ihr Freunde geworden seid, jetzt, da er wieder da ist.»

«Das klingt wie ein Telegramm.»

«Ich rede nicht gerne über dieses Thema.»

Der Junge ließ sich in die geblümten Kissen fallen und legte seinen Kopf in den Schoß seiner Mutter. Gedankenverloren strich sie ihm in der Dämmerung langsam und sanft über die Stirn und durch sein dunkles Haar. Das Abendritual vor dem Schlafengehen.

Und dann kam die übliche Bitte. «Erzähl mir von meinem Vater. Wie war er?»

Sie antwortete ihm immer auf ihre ruhige Art, brachte den Toten vorsichtig ins Leben zurück, beschrieb sein Gesicht, seine wunderschönen dunklen Augen, erzählte, wie klug er gewesen sei und was für ein großer Wissenschaftler er geworden wäre und wie glücklich sie gewesen sind in ihrer kurzen gemeinsamen Zeit.

Doch heute abend klang ihre Stimme sehr müde.

Und der Junge ging mit einem Gefühl von Sehnsucht und Leere zu Bett. Er spürte den Geist seines Vaters über sich, der auf ihn schaute. Er konnte lange nicht einschlafen.

«Habe ich dir jemals erzählt, wie Geronimo zu seinem Namen gekommen ist?» fragte Jonathan.

Es war Samstag, und sie waren auf einen mit hohem Gras überwucherten Berg gestiegen, von dem aus sie die Prärie überblicken konnten. Das war ungefähr einen Kilometer vom Wohnwagen entfernt. Nun lagen sie in der späten Nachmittagssonne im Gras.

«Erzähl es mir, Jonathan!»

Joe liebte Apachengeschichten, weil sie immer ungestüm waren – wie ein glühender Wüstenwind.

«Als Geronimo geboren wurde, dort oben in den Bergen, irgendwo zwischen Arizona und New Mexico, als er wie alle anderen speckigen kleinen Apachenbabies im Staub herumkrabbelte, nannten ihn seine Mutter und sein Vater Goyahkla. Weißt du, was das bedeutet?»

«Nein, was?»

«Es heißt, ‹der, der gähnt›! ‹Der Gähner›! Seine Eltern haben diesen Namen wirklich falsch gewählt, wenn du weißt, welches Schicksal auf dieses kleine Baby zukam.»

Der Junge fing bei Jonathans Worten zu träumen an. Es waren Worte, die ihn durch Geronimos Leben reisen ließen. Das war wie ein Weg, den er zwar kannte, der aber doch jedesmal spannend und aufregend war.

«Die Apachen trieben Handel unten in Mexiko, an einem Ort, den sie Kas-ki-yeh nannten. Eines Tages waren die Männer alle in die Stadt gegangen. Nur die Frauen und Kinder und einige Alte waren im Lager am Fluß geblieben.

Goyahklas Mutter war dort und seine junge Frau, Alope, mit ihrem Baby. Kinder spielten im Fluß, bespritzten einander mit Wasser und sprangen herum. Doch mit einem Mal wurde es merkwürdig still. Sogar die Vögel in den Bäumen verstummten.

Dann sahen die Menschen die Soldaten. Sie waren zu Pferde, bewegungslos auf der Klippe über dem Lager. Langsam zog einer von ihnen sein Schwert. Einen kurzen Moment funkelte es wie ein höhnisches Lächeln im Sonnenlicht. Und dann luden sie durch. Wie Wölfe sind sie in das Dorf eingefallen. Kaum jemand hat überlebt. Goyahkla hat seine gesamte Familie verloren, seine Frau, seine Mutter, sein Kind.

Goyahkla hat darüber fast den Verstand verloren. Er zog mit seinem Volk in die Berge. Er wurde boshaft, reizbar, keiner konnte mit ihm reden. Sein Gesicht veränderte sich. Er sah aus wie ein Falke, wie ein Raubvogel. Ein inneres Feuer zehrte ihn auf. Dann, nach und nach, plante er seine Rache. Zeit spielte dabei keine Rolle.

Er brauchte ungefähr ein Jahr, um die Krieger der verschiedenen Apachenstämme um sich zu sammeln. Er war kein großer Redner, wie Cochise. Aber er hatte so viel verloren, daß seine Worte, sobald er zu sprechen begann, die anderen überzeugten. Die Krieger schlossen sich ihm an. Als er genügend Männer um sich versammelt hatte, zogen sie hinunter nach Mexiko. Zu Fuß durch die Berge, hinunter zu der Stadt, wo die Soldaten waren.

Als sie dort ankamen, warteten sie vor der Stadt auf einem Hügel. Ein Wald gab ihnen Rückendeckung. Natürlich waren nur einige Krieger zu sehen. Sie standen unbeweglich wie Statuen. Die anderen waren im Wald versteckt. Das war Goyahklas Idee. Sie warteten darauf, daß die Soldaten kämen.

Nach etwa einem Tag entschlossen sich die Soldaten anzugreifen. Als sie schließlich aus der Stadt herauskamen, um zu kämpfen, war es der dreißigste September, der Tag des heiligen Hieronymus, San Geronimo auf spanisch. Denn im katholischen Kalender ist jeder Tag nach einem Heiligen benannt.

Ja, und sie marschierten geradewegs in Geronimos Falle. Denn er hatte seine Krieger in einem weiten Halbkreis hinter den Bäumen versteckt. Als dann die Mexikaner innerhalb des Halbkreises waren, brach die Hölle los.

Das war eine furchtbare Schlacht. Und mitten im Kampf begann jemand zu schreien: ‹Geronimo! Geronimo!› Wahrscheinlich war es ein Soldat, der mit lauter Stimme den Heiligen anrief und auf spanisch ein Gebet an ihn richtete, daß er sie vor den grausamen Apachenkriegern retten möge, deren Pfeile und Kugeln niemals ihr Ziel zu verfehlen schienen. Doch die Soldaten wurden geschlagen. In dieser Nacht zogen die Apachen schweigsam ab und verschwanden in den Bergen.

Und in der Finsternis der Nacht wußte Goyahkla plötzlich, daß sein alter Name von ihm abgefallen war wie die Haut einer Schlange. Er wußte, sein neuer Name war der Schrei, der über das Schlachtfeld hallte. So wurde er Geronimo ...»

Nach einer Weile nahm Joe wieder den Duft des Grases wahr und hörte den Wind, der darin raschelte. Jonathan rauchte seine Pfeife, den Blick auf den Horizont gerichtet. Hier, von dem Berg aus, schien es, als schaute man auf das Meer.

Joe betrachtete seinen Freund, die langen Beine, die Jeans, die Turnschuhe, das verwaschene blaue Hemd, das leicht ergraute Haar.

«Warum erzählst du nie etwas vom Vietnamkrieg?» fragte er.

Jonathan schwieg. Joe dachte, er würde die Antwort auf diese Frage verweigern. Er würde nichts sagen, so wie er nichts über das Rezept der scharfen Soße sagte.

Doch schließlich sagte er leise, mit der Pfeife zwischen den Zähnen: «Das würdest du nicht gerne hören wollen.»

«Jonathan», sagte der Junge nach einer Weile.

«Was?»

«Jonathan, ich ...»

«Was ist denn?»

«Was würdest du tun, wenn du glaubst, jemand erzählt dir nicht die Wahrheit?»

Jonathan legte sich ins Gras zurück und betrachtete eine Zeitlang den Himmel. Dann sagte er langsam und vorsichtig: «In alten Zeiten, wenn ein Indianer etwas wissen wollte, die Antwort auf ein Rätsel, die Lösung für ein Problem oder auch nur, wie er sich in einer bestimmten Situation verhalten sollte, dann hat er den großen Geist, Wakan Tanka, oder die Geister der Erde gebeten, ihm eine Vision zu schicken.»

«Eine Vision? Wie?»

«Na ja, ein Mann ging hinaus, ganz allein, am besten

auf einen Hügel, und befreite eine rechteckige Fläche von allem, was dort wuchs. Dann stieß er vier Pfähle in den Boden, einen für jede Himmelsrichtung, Norden, Westen, Süden, Osten. Und er sprach ein Gebet in diese vier Richtungen, die für ihn das Universum bedeuteten. Und dann blieb er dort oben, ohne zu essen und zu trinken.

«Wie lange?»

«Na, eben so lange, bis die Vision kam.»

«Und wie lange dauerte das?»

«Manchmal zwei, drei Tage. Manchmal kam sie überhaupt nicht.»

«Wie wußten sie, daß sie gekommen war?»

«Das konnte ein Tier sein oder ein Geräusch. Manchmal kam sie im Traum. Natürlich verstanden sie das Zeichen nicht immer. Darum hatten die Sioux Medizinmänner, Männer, die den Geistern nahe waren und die Botschaften verstanden. Doch manchmal verstehst du sofort, was die Vision dir sagen will. Das ist dann wie ein Saatkorn, das du in deine Seele pflanzt.»

«Hattest du schon einmal eine Vision, Jonathan?» fragte der Junge.

Rachel kaufte ein, schob den großen Einkaufswagen an den Regalen entlang. Sie packte Schachteln und Dosen in den Wagen, hatte ihre Gedanken aber woanders. Es war angenehm kühl in dem klimatisierten Supermarkt. Heute hatte sie nicht genügend Zeit, in den Gemüseladen zu gehen. Sie suchte chilenische Weintrauben aus und ein Brathuhn.

Sie bewegte sich wie im Traum. Der Junge würde bald heimkommen. Sie sah ihn mit Trump den Hügel hinunterrennen, sah den Mann, der aus dunklen Augen sorgsam über sie wachte, ein wenig hinter den beiden große Schritte machen. Dann konnte sie sehen, wie sich ihr Sohn von dem Indianer verabschiedete. Sie sah, wie er ein letztes Mal dem Hund einen Stock zuwarf und dann die gerade Straße entlangradelte. Rechts und links von ihm erstreckte sich die Prärie, dann Mais, dann Weizen, dann die Stadt.

Die Szene begann von neuem. Sie kamen vom Hügel herunter auf sie zu, der große Mann, der Junge und der Hund. Sie stand neben dem Wohnwagen, schaute in die Prärie hinaus. Sie kamen zurück. Gleich würden sie zu Hause sein.

«Ich habe manchmal eine Vision», sagte Jonathan. «Sie kommt mir im Traum. Ich bin draußen in der Prärie, und ich sehe eine junge Indianerfrau, die an diesem Berg entlangläuft. Dann erscheint oben in den Wolken ein großer Vogel. Ein goldener Adler. Der Adler schwebt zu ihr herab, schneller und schneller, kommt immer näher und streift mit einem Flügel beinahe ihr Gesicht, das zu ihm aufblickt. Dann erhebt er sich wieder in die Lüfte. Sie rennt mit hochgestreckten Armen den Berg entlang, ihr Gesicht ist dem Himmel zugewandt. Sie juchzt laut vor Freude, und der Adler schwingt sich wieder nach unten. Es ist wie ein Spiel, das sie miteinander spielen. Manchmal schreien sie beide laut im Wind. Es scheint nie aufzuhören. Ich habe niemals etwas so Schönes gesehen. Danach ist alles so klar, so als ob alles voller Licht wäre, das ich nicht sehen kann, aber ich kann es fühlen. Die Adlerfrau trägt meine Sorgen davon.» Er schwieg eine Weile. «Dann habe ich nicht diese schlechten Träume, diese Träume vom Krieg und so.»

Joe blickte auf. Etwas in der Stimme des Mannes alarmierte ihn. Jonathan saß vornübergebeugt, hatte die Hände vor dem Gesicht. Joe berührte seine Schulter. Dann weinte der Mann, wiegte sich vor und zurück, Tränen quollen durch seine Finger. Joe war ein wenig erschrocken, doch er ließ seine Hand auf Jonathans Schulter. Er sagte immer wieder: «Es ist gut, Jonathan. Alles wird gut.» Denn er wußte nicht, was er sonst hätte sagen sollen.

Nach einer Weile standen sie auf und gingen Seite an Seite zurück zum Wohnwagen. Jonathan sprach nicht mehr von dem Ereignis, doch als sie sich die Hände gaben, sagte er: «Du bist ein guter Junge, Joe, aus dir wird ein großartiger Mann werden.»

«Was soll das bedeuten? Du sprichst, als ob wir uns nicht wiedersehen», entgegnete Joe.

«Es ist Zeit für mich weiterzuziehen. Dieser alte Wohnwagen hat lang genug hier herumgestanden. Ich muß einige Reisen machen. Die Tage des Herumhängens sind vorbei.»

«Du willst sagen, daß du die Stadt verläßt?»

«Ich muß jetzt ein paar Dinge ausliefern. Wirf dein Fahrrad hinten auf den Laster. Ich fahre dich nach Hause. Meine scharfe Soße ist gerade sehr gefragt.»

Viele Leute hatten Jonathans scharfe Soße bestellt. Er lieferte sie in alten Ketchupflaschen, die er sterilisiert und mit einem hübschen Verschluß versehen hatte. «Im Kühlschrank hält sie drei Monate», sagte er. Wortkarg wiederholte er jedem gegenüber diesen einen Satz.

Die Frau des Bürgermeisters kaufte zwei. Joe saß hinten im Auto, das in einer von Bäumen gesäumten Straße parkte, während Jonathan auf die Haustür des großen viktorianischen Holzhauses zuging und ihr zwei Flaschen in einer braunen Papiertüte übergab. Sie war eine große blonde Frau aus Texas. Mit fester Stimme erklärte sie, daß Jonathans scharfe Soße die beste sei, die sie je gegessen habe. Sie sprach laut und durch die Nase. Joe konnte sie bis zum Pickup-Laster deutlich verstehen.

«Wenn Sie die Stadt verlassen, ohne mir das Rezept gegeben zu haben, schicke ich Ihnen die Polizei auf den Hals!» rief sie lachend Jonathan hinterher, der zum Wagen ging. Er winkte, ohne sich umzusehen.

Als sie in die Einfahrt von Joes Haus eingebogen waren, stellte Jonathan den Motor nicht ab.

«Willst du nicht einen Moment mit hereinkommen?» fragte der Junge.

«Nein, laß mich in Ruhe. Ich muß weiter.»

«Ich wette, Mama hat frische kalte Limonade.»

«Nein, danke.»

«Du wirst doch jetzt noch nicht abreisen?»

«Ich werde dir Bescheid geben, wenn ich fahre. Das wird nicht mehr lange hin sein.»

Rachel hörte ihre Stimmen. Doch als sie zur Türschwelle kam, war der Pickup-Laster schon die Straße hinuntergefahren. Sie sah ihn hinter der Ecke Sorrel und Elm Road verschwinden.

«Jonathan sagt, er wird die Stadt verlassen», sagte der Junge.

«Verlassen?» Ihre Stimme war sehr leise.

«Er sagt, er will mir Bescheid geben. Aber es wird schon bald sein. Er sagt, die Tage des Herumhängens sind vorbei. Ich glaube, er kann nicht lange an einem Ort bleiben.»

«Manche Männer sind so», sagte die Mutter und ging schnell zurück ins Haus.

Auch in dieser Nacht schlief der Junge sehr schlecht. Mehrere Male wachte er auf. Als ihm klar wurde, daß sich der Schlaf nicht einstellen würde, stand er auf und ging zum geöffneten Fenster. Die Hitze des Tages war noch spürbar, trotz der Dunkelheit. Es ging kein Lüftchen. Die Sterne waren sehr hell. Er lehnte an der Fensterbank und fuhr mit den Fingern die bekannten Linien der aufgeplatzten Farbe nach, seine Stirn ruhte auf dem Fliegengitter. Er schaute in den Himmel und hoffte, eine Sternschnuppe zu sehen. Er lauschte den Geräuschen der Nacht, bis ihm die Arme schwer wurden und die Augen zufielen.

Als Joe früh am nächsten Morgen zum Wohnwagen radelte, fand er ihn verschlossen, und Jonathan war nirgends zu sehen. Doch der Laster stand dort. Dann hörte er Trump im Innern des Wohnwagens winseln. Er öffnete die Tür. Trump sprang heraus, als wäre er bereits seit Stunden eingesperrt gewesen. Joe betrat den kleinen Raum.

Die Whiskyflasche auf dem kleinen Tisch war fast leer. Im Flur lagen verbeulte Bierdosen. Jonathan lag schweratmend auf dem Bett. Er lag auf dem Rücken, die großen Hände neben dem Körper wirkten leblos.

«Jonathan», rief er und schüttelte ihn an der Schulter. «Jonathan!»

Wimmernd wie ein Kind rollte der Mann auf die Seite. Er lag in tiefem Schlaf. Der Junge fühlte sich betrogen, als ob Jonathan ihn bereits für immer verlassen hätte. Sie würden nun niemals gemeinsam auf die Jagd gehen. Keine der großen Versprechungen würde eingelöst werden. Der längliche, lederne Gewehrkoffer mit dem silbernen Griff würde unter dem Bett einstauben. Und dann würde Jonathan fortgehen. Alles würde vorbei sein. Er würde ohne seinen Freund aufwachsen.

Er ging hinaus und setzte sich auf die Stufen vor der Wohnwagentür. Die Tür ließ er angelehnt, so daß er alles hören konnte. Trump kam von seinem kleinen Ausflug zurück und legte sich zu Füßen des Jungen in den Staub. Dort warteten sie gemeinsam. Die Hitze war unerträglich.

Plötzlich stand der Junge auf, machte auf dem Absatz kehrt und ging hinaus in die Prärie, auf den Berg zu. Als er eine halbe Stunde später den Gipfel erreicht hatte, begann er mit der Arbeit, die er sich vorgenommen hatte. Langsam und mit System rupfte er das Gras aus, um eine freie Fläche zu schaffen. Plötzlich erschien es ihm, als risse er Jonathans Geschichten aus dem Boden. Doch er fuhr fort. Es dauerte ziemlich lange. Schweißtropfen rannen über sein Gesicht. Doch er fuhr fort, das Gras auszurupfen. Schließlich hatte er eine etwa einen Quadratmeter große, rechteckige Fläche freigemacht. Er wußte nicht genau, wie er jetzt vorgehen mußte. Mit einer gewissen Befangenheit erhob er sich und drehte sich erst nach Norden, dann nach Westen, dann nach Osten und nach Süden. In jeder Richtung verharrte er einige Minuten, bevor er sich weiterdrehte.

Jonathan hatte gesagt: «Sie beteten in diese vier Richtungen, die für sie das ganze Universum bedeuteten.» Joe setzte sich auf den Boden und schaute zum Horizont. Es wurde immer heißer. Mit einem Mal merkte er, daß er nicht gefrühstückt hatte. Er schaute weiter auf den Horizont.

Jonathan ging den dunklen Dschungelpfad entlang. Es war heiß und feucht. Die tote Frau lag einige Meter weiter. Sie lag auf dem Weg wie eine zerbrochene Puppe. Ihr Kleid war dunkelrot. Es erinnerte ihn plötzlich an Carl Linstrums große rote Scheune, draußen bei der Ranch, wo er gearbeitet hatte. Der erste, der bei ihr war, bückte sich und wollte ihren Körper wegtragen. Jonathan schrie: «Rühr sie nicht an!» Doch es war zu spät. Die Explosion der versteckten Bombe zerriß den jungen Mann. Dann rannte Jonathan durch hohes Gras. Er rannte immer schneller. Er hörte das dumpfe Brummen eines Hubschraubers über seinem Kopf. Doch der landete nicht. Dann war er wieder auf dem dunklen Dschungelpfad, und der Traum begann von vorne …

Rachel fand Joes in aller Eile gekritzelten Zettel auf dem Küchentisch. *Bin bei Jonathan. Kuß Joe.*

Als sie später im Postamt war, versuchte sie, ihre Gedanken auf die Arbeit zu konzentrieren. Der Ventilator brummte. Regelmäßig kam ein Schwall heißer Luft über sie. Sie versuchte, nicht an den Tag zurückzudenken, als sie Jonathan das erste Mal sah, damals als Tilly sie zum Rodeo mitgenommen hatte.

Das plötzliche Aufleuchten der glänzenden schwarzen Haare, den linken Arm in die Luft gestreckt, die perfekte Balance des großen, schmalen Körpers, der sich mit dem wild bockenden Pferd bewegte, als ob er und das Pferd eins wären. Niemals zuvor hatte sie jemanden so reiten sehen.

Jemand in der Menge hinter ihnen sagte: «Das ist Jonathan Walking Bear. Er arbeitet auf der Ranch von Carl Linstrum, draußen in Sweet Springs.»

Da wußte sie, daß sie ihn wiedersehen würde, denn Tilly wollte nach dem Rodeo Carl begrüßen.

Nach dem Lassowettbewerb wurde kalte Limonade hinten bei den Ställen serviert. Er stand dort mit dem Rücken zu ihr und betrachtete ein angebundenes Pferd. Es sah so aus, als spräche er mit ihm. Der kräftige, gutgelaunte Carl Linstrum hatte ihm zugerufen: «Jonathan, komm doch zu uns!»

Zu Tilly gewandt, sagte er lachend: «Dieser Junge ist mein bester indianischer Cowboy, der beste Zureiter in diesem Staat.»

Er war zu ihnen herübergekommen. Sein Gesicht war voller Staub, er trug noch immer den Lederschutz über der Jeans.

«Jonathan, ich möchte dir meine Cousine Mathilda Linstrum vorstellen. Und das ist Margaret Rachel, ihre Nichte.»

Von nahem sah er älter aus. Er war achtundzwanzig damals. Sie war gerade siebzehn geworden. Sie erinnerte sich an die kleinen Fältchen um seine Augen. Er nickte, ohne zu lächeln, schaute erst Tilly an und dann sie.

Carl reichte ihm ein Glas Limonade.

«Trink das aus, Jonathan, mein Junge», sagte er. «Wenn es einer verdient hat, dann du!»

Er stürzte die klare Flüssigkeit hinunter, die Eiswürfel klirrten gegen das Glas, als er trank. Er wischte seinen Mund am Ärmel ab.

«Ich hoffe, die Ladies hatten Spaß am Rodeo.» Er schien zu zögern, dann nickte er wieder und ging weg.

Leute kamen in das Postamt, um Briefmarken zu kaufen, Pakete und Einschreibebriefe zu verschicken. Rachel machte alle Handgriffe automatisch. Ihre Gesichtszüge waren ruhig. Das dicke dunkle Haar war sorgfältig zu einem Pferdeschwanz hochgebunden. Niemand konnte sehen, was in ihr vorging. Sie lächelte, sie dankte, sie redete so dahin, fragte nach den Kindern. Sie wünschte jedem einen schönen Tag. Sie war gut darin, ihre Gefühle zu verstecken, sehr gut sogar, auch vor sich selbst. Gut im Vergessen, gut im Verdrängen von Dingen, die die ruhigen Gewässer ihres Lebens stören könnten.

Es war wieder ruhig im Postamt. Sie war alleine. Sie schloß die Augen.

Nach diesem Rodeotag fuhr sie öfters zu Carl, nach Sweet Springs, auf die Ranch.

«Ich möchte wieder reiten», hatte sie zu Tilly gesagt.

Carl freute sich, sie wiederzusehen: «Na, wenn das

nicht Miss Rachel ist! Kannst du noch auf ein Pferd steigen?»

Sie und Jonathan ritten stundenlang am Fluß entlang. Die Erinnerung an diese Tage schlug wie eine Woge über ihr zusammen. Sie konnte den Wellen keinen Einhalt gebieten. Jonathan blieb immer einige Schritte hinter ihr. Sie konnte die Geräusche seines Pferdes hören. Sie sprachen kaum. Ihm nahe zu sein, reichte ihr. Sie wartete auf den Moment, daß er ihr die Hand gab, um ihr vom Pferd zu helfen, was er manchmal tat.

Sie konnte ihn sagen hören: «Als das Licht über uns hell war, waren wir ein großes Volk.» Und dann der Tag, als sie die Pferde an eine Pappel gebunden zurückgelassen hatten. Er war in der frühen Abenddämmerung am Fluß entlanggegangen, sie war ihm in die Dunkelheit gefolgt, und während das Wasser neben ihnen floß, sprach er, scheinbar ohne sie zu sehen: «Wir haben immer alles über die Erde gewußt. All das, was diese Idioten mit ihren Theorien und ihrer Pseudowissenschaft an dem Planeten herumdeuteln, haben wir gewußt. Wir wußten es schon immer. Die Erde ist lebendig wie eine Mutter. Und der Himmel über uns wie ein Vater, und alles dazwischen.»

Und endlich erinnerte sie sich, wie sie sich im Gras liegend umarmt hatten. Wie gut er roch und wie ihre Stimmen, lauter und leiser, zusammenklangen.

Tilly hatte sie durchschaut.

«Ich weiß, daß du diesen Jonathan triffst. Hör mir gut zu, Margaret Rachel Budd. Er ist nur ein armer Cowboy. Und obendrein ist er ein erwachsener Mann! Willst du dein Leben verpfuschen? Ab sofort hältst du dich fern von Sweet Springs. Hast du gehört?!»

Doch irgendwie hatte sie aus der empörten Stimme ihrer Tante herausgehört, daß Tilly diese Liebe aufsog, die sie, Rachel, so stark empfand.

Und dann plötzlich war Tilly gestorben. Ganz ruhig, als ob sie verblüht wäre. Viele Leute waren in der Kirche. Rachel saß in der weißen, hölzernen Kirchenbank neben ihrer Großmutter, die für die Trauerfeier den weiten Weg von Vermont her gemacht hatte. Sie saß in der weißen, hölzernen Kirchenbank, lauschte der Orgelmusik und der dröhnenden Stimme des Priesters und fühlte nichts – wie ein amputiertes Gliedmaß.

«Ich möchte, daß du zu mir kommst und eine Weile bei mir wohnst, Rachel», hatte die Großmutter Budd später zu Hause mit ihrer tiefen, kräftigen Stimme gesagt. «Du mußt was anderes sehen, neue Leute kennenlernen.» Am Ton der Großmutter erkannte sie plötzlich, daß die alte Frau Nebraska nicht mochte, daß sie die kleine Stadt, in der sie aufgewachsen war, nicht mochte, daß sie vielleicht ihre Mutter nicht gemocht hatte, ein Farmersmädchen, ein Bauerntrampel, eine Person, auf die man herabblickte.

«Geh nicht, Rachel», hatte er gesagt. «Bleib bei mir.

Ich werde für dich sorgen.» Sie saßen damals am Fluß. Der Wind kräuselte das Wasser. Wie immer hatte er nicht viel mehr gesagt.

Rachel erinnerte sich an ihre Antwort, und die fiel wie ein Stein ins Wasser bis auf den Grund eines Sees. «Ich kann nicht bleiben. Nicht jetzt. Sie braucht mich. Sie wird mich auf eine Schule schicken, Jonathan, auf eine richtig gute Schule. Ich bin jetzt ganz allein. Sie ist meine einzige Familie.»

«Du bist nicht allein, Rachel», hatte er entgegnet. «Weißt du das nicht?»

Was hatte er noch gesagt? Die Wände des Postamts schienen ihr immer näher zu rücken. Sie wünschte, sie könnte über die Prärie laufen, schnell rennen, ihre Arme in die Luft strecken und ihr Gesicht dem Wind zuwenden. Sie wünschte, sie könnte den Wind der Prärie einatmen.

Der Stein stieß auf den Grund. Sie hatte Beaver Creek verlassen, war nach Vermont gezogen. Sie war auf ein kleines College gegangen, das eine halbe Stunde Autofahrt von Großmutters Haus entfernt lag. Und sie hatte alles. All das, was Großmutter Budd ihr versprochen hatte, das hübsche Zimmer unter dem Giebel, nette Freunde und wunderbare Lehrer. Das alles hatte sie. Einige Wochen, nachdem sie in Vermont angekommen war, erreichte sie ein Brief von Carl Linstrum. Jonathan sei in die Armee gegangen, er sei nach Vietnam gegangen, er sei in den Krieg gezogen.

Die Briefe von Carl Linstrum enthielten immer Neuigkeiten über Jonathan Walking Bear. Jonathan sei aus Vietnam zurückgekehrt, er reise in einer Art Wohnwagen durch das Land. Jonathan sei irgendwo in Lateinamerika. Jonathan arbeite in einem Navajo-Reservat in Arizona. Und dann plötzlich, Jonathan sei nach Hause gekommen, er sei wieder in der Stadt.

Er sei verändert, hatte Linstrum gesagt. Er benähme sich manchmal wirklich wild. Er tränke. Vielleicht nähme er auch Drogen, er wüßte es nicht genau. Irgend etwas stimme da nicht. Sie hatte das erste Flugzeug nach Omaha genommen und dann die kleine Zweimotorige nach Silver City und dann den Bus nach Beaver Creek.

Sie erinnerte sich, wie sie das kleine Backsteinhaus an der Sorrel Road aufgesperrt hatte, wie sie die Sonne und den Duft von frischgeschnittenem Gras hineingelassen hatte. Und sie erinnerte sich an die friedvollen Geräusche der kleinen Stadt. Und sie erinnerte sich an das Warten, an das Nichtstun, daß sie nicht einmal ihren Koffer auspackte. Nur warten in der Stille des Nachmittags.

Es war nach Mitternacht, als sie endlich den Pickup-Laster hörte. Sie ging vor die Tür, um ihn zu begrüßen. Er stand unten vor den Treppenstufen und schaute zu ihr herauf. Er trug eine schmutzige Jeans und eine Lederjacke. Seine Haare waren ganz kurz. Er sah aus, als verbrenne er innerlich. Sie waren zusammen weggegangen, waren aus der kleinen Stadt hinausgefahren in die dunkle Nacht, fuhren über heiße, gerade Straßen, Tag für Tag, von Stadt zu Stadt, von Motel zu Motel.

Einen Monat später wußte sie, daß sie ihn verlassen mußte. Sie ging zurück nach Vermont. Im September wußte sie, daß sie ein Kind von ihm erwartete.

Oben auf der Anhöhe saß der Junge bewegungslos. Er schaute nicht mehr auf den Horizont. Er hatte die Augen geschlossen und saß im Schneidersitz. Er fühlte die bloße Erde unter seinen Händen und die ungeheure Hitze um ihn herum.

«Manchmal spricht die Erde durch die Adlerfrau zu mir», hatte Jonathan gesagt. Das war an dem Tag, an dem er geweint hatte.

Joe wartete. Seine Hände berührten die Erde. Die Farbe des Himmels veränderte sich. Doch der Junge bemerkte es nicht. Der Himmel war nun kupferfarben geworden. Kleine Staubwolken stiegen vom Horizont auf. Plötzlich erhob sich eine riesengroße, trichterförmige Wolke aus der dunklen Masse. Mit großer Geschwindigkeit raste sie über die Prärie. Unberechenbar drehte sie sich um sich selbst und kam immer näher. Ein Dröhnen begleitete sie.

Rachel stürmte aus dem Postamt, ohne die Tür zu schließen, und rannte zum Auto. Der Junge würde bei Jonathan sein. Er hatte gesagt, daß er zu ihm wollte. Sie würden zusammensein. Da wäre keine Gefahr. Jonathan würde wissen, was zu tun sei, wo sie in Sicherheit wären. Sie fuhr sehr schnell. Alle fünf Minuten kam die Sturmwarnung im Radio. Sie fuhr an einem Mann und einer Frau vorbei, die in aller Eile ihre Fenster mit Brettern vernagelten.

Immer wieder erfaßte der Wind ihren Wagen, als wäre er ein Spielzeug. Über das Lenkrad gebeugt, fuhr sie, so schnell sie konnte.

Sie hatte ihren Sohn belogen, hatte ihm einen Vater erfunden. Einen, der den Träumen von Großmutter Budd entsprach.

«Willst du ihm etwa erzählen, sein Vater ist ein drogensüchtiges Halbblut?» hatte sie geschrien.

Zu ihrer Rechten brach ein Baum wie ein Streichholz und fiel zu Boden.

Sie hatte sich vor ihm gefürchtet, von Stadt zu Stadt mehr, wenn er morgens weinend aufwachte. Und dann dieses ewige Trinken, diese Benommenheit durch die Drogen. Nur selten war er wie früher.

Ich hätte den Mut haben sollen.

Ich hätte den Mut haben sollen.

Der Wind toste um sie herum.

Jonathan rannte über die Prärie, rannte, so schnell er konnte. Der Hund war irgendwo hinter ihm verschwunden. Er war schon ziemlich nah an dem Berg. Plötzlich sah er durch den wirbelnden Staub den Jungen, der versuchte, den steilen Abhang hinunterzuklettern. Seine Hände suchten nach Halt, im Gras, an den Steinen, an irgend etwas.

«Joe!» schrie er, doch der Wind warf ihm die Worte zurück. Er kämpfte sich vorwärts und wurde so heftig zu Boden geschleudert, daß er einige Sekunden nicht atmen konnte.

Er krabbelte auf die dunkle Masse des Berges zu, dunkel durch den schwarzen Himmel und den umherwirbelnden Staub. Es schien ihm, als dauerte es Stunden, bis er den Fuß des Berges erreichte. Er begann zu der Stelle hochzuklettern, wo er glaubte, den Jungen gesehen zu haben. Seine Finger waren wie Klauen, sie krallten sich in die Erde, gruben einen Halt, wo keiner war. Er stieß sich mit den Füßen ab, streckte sich nach oben, krallte sich fest und streckte sich wieder nach oben. Dann schlossen sich seine Finger um einen Turnschuh.

«Joe!» brüllte er. Der Junge verlor den Halt. Halb rollend, halb fallend stürzten sie den Abhang hinunter.

«Grab!» schrie Jonathan und scharrte mit seinem Messer und den Händen in der Erde. Verzweifelt arbeiteten sie unten am Hang, bis sie einen kleinen Schutz gegen den Sturm ausgehöhlt hatten. Jonathan drückte den Jungen gegen den Erdwall und legte sich auf ihn, um ihn vor dem zerrenden Wind zu schützen. Sie kauerten sich eng aneinander. Die Zeit existierte nicht mehr. Es gab nur noch das Heulen des Windes und den erdigen Geschmack im Mund.

Dann, mit einem Mal, war der Sturm vorbei, ebenso plötzlich, wie er gekommen war.

Ihre Gesichter waren voller Erde, sie spürten sie auch unter den Fingernägeln und in den Kleidern. Im kupferfarbenen Licht schauten sie einander an.

«Was in Gottes Namen tust du hier draußen?»

«Ich war ... ich wollte eine Vision haben, so wie du. Ich wollte etwas wissen. Ich habe eine Fläche freigemacht und versucht, zu allen Himmelsrichtungen zu sprechen, so wie du es gesagt hast. Dann kam der Tornado.»

«Es war ein höllischer Wirbelsturm.»

«Woher hast du gewußt, daß ich hier draußen bin?»

«Für einen Jäger wie mich hast du eine ziemlich deutliche Spur hinterlassen. Von Trump ganz zu schweigen.»

Sie hörten auf zu reden. Jemand rief ihre Namen.

«Joe! Jonathan!»

Sie standen auf und verließen ihre Zuflucht.

Rachel lief ihnen durch das hohe Gras entgegen. Sie rannte leichtfüßig und schnell. Ihr Haar flog. Als sie die beiden sah, rief sie wieder ihre Namen. Trump lief mit hängender Zunge und wehenden Ohren vor ihr her.

Ein paar Meter vor ihnen blieb sie stehen und rang nach Luft. Sie sah erst Joe an, dann Jonathan.

«Seid ihr gesund?» fragte sie.

«Sieht so aus, oder?» entgegnete Jonathan.

Dann sank sie zu Boden, wie ein Tuch, das jemand fallen gelassen hatte.

«Das Haus ist zerstört», sagte sie. «Alles ist weggeflogen. Alles.»

Sie begann leise zu weinen. Trump lief zu ihr und drückte seine Schnauze an ihr Gesicht, senkte den Kopf und leckte ihre Hand.

Joe ging einen Schritt zurück, denn Jonathan Walking Bear hob seine Mutter auf und stellte sie auf die Füße. Er sah, wie ihre Gesichter sich näher kamen. Der Himmel über ihnen war jetzt strahlend. Jonathan hielt Rachel in den Armen, wiegte sie sanft wie ein Kind und wisperte ihr zu. Ihre Stimmen überschnitten sich, wurden lauter und leiser. Was sie sagten, konnte er nicht hören. Er ging ein paar Schritte näher.

«Wir werden ein neues Haus bauen, Rachel. Hier draußen, mit Blick auf den Berg.»

Da verstand Joe.

Der Geist in ihm verstummte.

Jonathan Walking Bear wandte sich ihm zu und breitete die Arme aus.

Joe lief geradewegs hinein.

# Der Baum

## 1860

Wie lange war sie schon allein? Sie wußte es nicht mehr. Ein Tag schien wie der andere. Vielleicht wußten sie nicht, daß Ben gestorben war. Natürlich wußten sie es nicht. Wie sollten sie auch. Es war niemand vorbeigekommen. Sie hatte das Grab allein ausgehoben. Sie hatte seinen Körper in ihr bestes Laken gewickelt und ihn aus ihrer dunklen Behausung ins Freie gezogen. Sie hatte ihn gerollt und über die Kante des Lochs gezerrt, das sie zwei Tage lang gegraben hatte. Sie hatte die schwere Prärieerde auf ihn geschaufelt. Und dann hatte sie dort gelegen, der Länge nach auf der frisch umgegrabenen Erde. Es war dieselbe Erde, aus der sie die Stirnwand ihrer Behausung gebaut hatten. Sie war liegengeblieben, bis die Sterne am Himmel standen und der Mond aufgegangen war. In völliger Erstarrung lauschte sie den vertrauten Geräuschen der Nacht, einer Grille, dem Rascheln des hohen Präriegrases, einem Kojoten in der Ferne. Dann war sie wieder in diese tiefe Trauer versunken, als würde sie ertrinken. Niemand war vorbeigekommen.

Nun saß sie in dem alten Schaukelstuhl vor dem in den Hang hineingegrabenen Lehmhaus und fühlte die endlose Weite des flachen Landes um sich herum. Sie versuchte sich zu erinnern, ob sie etwas gegessen hatte. Wahrscheinlich hatte sie etwas Wasser aus dem Kübel getrunken. In der Dunkelheit konnte sie das leise Rascheln des Apfelbaums hören, den Ben und sie gepflanzt hatten. Sie hatten ihn genau vor das Lehmhaus gepflanzt, zwanzig Schritte von der Eingangstür entfernt, so daß sie ihn sehen konnte, wenn sie ihre schwere Arbeit machte. Sie hatten ihn von Missouri mitgebracht. Sie erinnerte sich, wie sie ihn liebevoll gehegt hatten auf ihrem langen Weg mit dem Planwagen durch die Prärie, wie sie Wasser über seinen Erdballen und die Wurzeln geträufelt hatten. Gleich nach ihrer Ankunft hatten sie ihn eingepflanzt, als allererstes, noch bevor sie damit begannen, das Haus zu bauen.

Welcher Monat war gerade? Am zehnten August war Ben gestorben. Jetzt war September. An der Wand, nahe beim Herd, hing ein Kalender. Es war jedenfalls September. Aber sie wußte nicht den genauen Tag, denn sie hatte aufgehört, die Kalenderblätter abzureißen. In der Zeit direkt nach Bens Tod hatte sie das Zeitgefühl verloren. Es war heute vielleicht der vierte September oder der sechste. Die Erde auf seinem Grab war fester geworden. Die Nächte wurden länger. Sie war traurig gewesen, daß sie nicht so etwas wie ein Kreuz für das Grab hatte. So hatte sie einen ihrer blauen Porzellanteller zerbrochen, ihn mit dem Hammer in kleine Splitter zerschlagen, daraus die Buchstaben seines Namens gelegt und sie, so wie Kinder eine Sandburg schmücken, in die Erde gedrückt.

Warum war sie nicht zu der Farm der Hoskins gegangen? Warum hatte sie nicht ein paar Dinge zusammengepackt und war zu den Hoskins aufgebrochen? Es war nur einen Tag Fußweg entfernt. Mit dem Pferd wären es nur vier Stunden gewesen. Aber es gab kein Pferd mehr. Nur noch die alte Kutsche. Und das Geschirr hing nutzlos im Schuppen. Sie hätte sich dennoch zu den Hoskins aufmachen können. Sie hätte kalte Maisfladen und einen Krug Wasser in ein Tuch einschlagen können. Doch irgend etwas hielt sie hier fest, tagein, tagaus. War es Bens Grab? War es, daß sie nicht ertragen konnte, ihn hier allein zurückzulassen? Ben allein in der Erde? War es der schreckliche Gedanke, daß er dann wirklich tot wäre, wenn sie von hier fortginge, ihn hier zurückließe!

Manchmal zog sie tagsüber den alten Schaukelstuhl aus dem Lehmhaus, setzte sich hinein und betrachtete die glänzenden, sich im Wind bewegenden Blätter des jungen Apfelbaums und lauschte auf ihr Rascheln. Sie hatte immer gut für diesen Baum gesorgt. Ben und sie hatten ihn behutsam eingepflanzt, gehätschelt wie ein Baby. Vom Fluß, der einen Kilometer entfernt war, hatten sie das Wasser hierhergetragen, bis sie dann den Brunnen gegraben hatten. Es war der einzige Baum weit und breit. Den anderen Frauen, die sie im Laden traf, erzählte sie voll Stolz von ihm. Man hätte glauben können, sie spräche über ein Kind. Wie er im ersten Frühling in der Prärie geblüht hatte. Wie die jungen Blätter in der späten Nachmittagssonne ein besonderes Licht gaben. Und wie sie dann eines Tages unter ihm säßen und seine weiten Äste sie vor der unbarmherzigen Sonne der Prärie schützen würden.

Manchmal hatte sie geträumt, sie säße unter dem Apfelbaum. In diesen Träumen nähte sie dort immer etwas für ein Kind. Ihr Bauch war rund.

Doch nach drei Jahren war da immer noch kein Kind, und nun war Ben tot. Sie brachte es nicht fertig, diesen Ort zu verlassen. Sie konnte nicht weggehen. Nicht einmal von diesem Lehmhaus, das, als sie es zum ersten Mal sah, ihr die Tränen in die Augen trieb.

«Wir sollen wirklich in diesem schrecklichen Erdloch wohnen?» hatte sie weinend ausgerufen.

«Nur für den Anfang, Liebling», hatte er sie beruhigt. «Nach und nach werden wir ein richtiges Holzhaus haben. Schau doch, die größte Arbeit ist bereits getan. Und der Mann, der es uns verkauft hat, hat gesagt, es sei im Sommer angenehm kühl und im Winter wunderbar warm darin.»

Sie hatte ihm geholfen, den harten Prärieboden aufzuhauen, um die Stirnwand zu bauen. Gemeinsam fabrizierten sie die Bruchsteine; mit einem scharfkantigen Spaten hackten sie Erdstücke aus dem Boden, zerrten sie am Ende des Tages mit dem Wagen zur Behausung. Und gemeinsam hatten sie die Stirnwand des Hauses aufgebaut, hatten vorsichtig die Bruchstücke aufeinandergestapelt, um den Holzrahmen für die Tür und die Fenster herum, hatten die Ritzen zwischen den einzelnen Stücken mit loser Erde und Schlamm ausgefüllt.

Sie erinnerte sich an den Tag, an dem sie einen dünnen Stoff unter die Decke gespannt hatten, damit die Käfer und Schnecken nicht auf sie fallen konnten.

«Wie in einem Zelt, Ben», hatte sie gerufen. Sie war glücklich damals. Sie vermißte nichts mehr. Sie hatte Stoffe in kräftigen, leuchtenden Farben vor die Lehmwände gehängt und einen Bastteppich gewebt. An dem Tag, an dem sie glaubte, schwanger zu sein, hatte sie einen Quilt begonnen. Doch am Tag darauf bekam sie ihre Periode, und sie hatte mit leiser Stimme zu Ben gesagt, daß sie vielleicht keine Kinder bekommen könnten.

«Hör auf, dir Gedanken zu machen, Louisa», hatte er gesagt. «Am besten bekommt man Kinder, wenn man sich nicht immer Gedanken darüber macht.» Und er war hinausgegangen auf die Felder, um zu arbeiten. Sie konnte seine langsamen, weitausholenden, geschmeidigen Bewegungen sehen, als er wegging und sich an sein Tagewerk machte.

Die Sonne sank tiefer. Heute nacht, dachte sie, würde es dunkler werden. Tag für Tag, wußte sie, würde die Dunkelheit zunehmen. Doch im Augenblick schimmerte der Baum noch in der Abendsonne, und sie schaute ihn an. Die Splitter des blauen Porzellans auf Bens Grab leuchteten noch hell und fingen das letzte Tageslicht auf. Plötzlich fiel ein langer Schatten auf ihre Knie.

Sie blickte hoch und hielt den Atem an. Ein Mann stand neben ihr. Einen Hut in den Händen. Er stand dort ganz ruhig, ein großer Mann mit hohen Wangenknochen und rauhen roten Händen.

«Ma'am?» sagte er. «Entschuldigen Sie, Ma'am, hätten Sie wohl etwas zu essen für mich?»

Seine Stimme war heiser und dunkel. Er stand nur da. Er schien zu schwanken. Sie blickte hoch in seine blaßblauen Augen, in seine Trostlosigkeit.

«Wer sind Sie?» Ihr gelang nur ein Flüstern.

«Ich heiße Shepherd, Ma'am, Joshua Shepherd. Die Hoskins haben mich zu Ihnen geschickt. Sie sagten, Sie brauchten vielleicht Hilfe auf der Farm. Ich habe schon seit drei Tagen nichts mehr gegessen, Ma'am.»

«Wer sind Sie?» Sie wiederholte ihre Frage, als ob sie ihn nicht gehört hätte.

«Ich bin Cowboy, Ma'am. Aber ich kenn mich auch in der Landarbeit aus.»

Noch immer schien sie ihn nicht zu hören.

«Geht es Ihnen gut, Ma'am?»

Die Frau hatte sich nicht gerührt. Sie hatte ihre Augen von dem Mann abgewandt und schaute wieder auf den Baum.

«Sind Sie krank, Ma'am?»

Sie hörte sich ihm antworten: «Wir hatten eine schreckliche Trockenzeit. Mein Mann ist vor wenigen Wochen gestorben. Cholera! Er hat sich angesteckt bei ein paar Siedlern, die hier durchgezogen sind. Ich habe ihn selbst begraben, dort bei dem Baum.»

Der Mann sagte nichts. Er senkte den Kopf, stand weiterhin neben dem Schaukelstuhl und drehte immerzu seinen verbeulten Lederhut zwischen den Fingern.

Schließlich sagte er: «Es tut mir leid, das zu hören, Ma'am.» Immer noch stand er da, mit gesenktem Blick, scharrte nur von Zeit zu Zeit mit den Füßen. Die Frau saß unbeweglich wie eine Statue. Sie war weit weg, schwebte irgendwo weit über dem endlosen flachen Land, bewegte sich wie benommen mit den Wolken, ließ sich treiben vom Wind.

Langsam nahm sie den Mann wahr und sah, wie ausgezehrt er war. Er war dünn und ungepflegt. Ben hingegen war breitschultrig und hatte glatte Haut. Er sah ängstlich aus, als wäre er ein gejagtes Tier. Wohingegen Ben, ja, Ben, immer der Jäger war. Es konnte auch gar nicht anders sein. Niemand gab Ben Befehle. Sie gaben ihm vielleicht Ratschläge, aber Ben war der Boß.

«Tut mir leid», sagte sie. «Ich bin zur Zeit nicht ganz ich selber. Kommen Sie mit ins Haus und essen Sie etwas.»

«Herzlichen Dank, Ma'am», murmelte er.

Sie erhob sich aus dem Schaukelstuhl und ging in die Behausung. Er folgte ihr, bückte sich leicht, um durch die Tür zu gehen. In der Dunkelheit des Raumes tastete sie im Küchenschrank nach der Rührschüssel. Geschickt entzündete sie mit etwas getrocknetem Gras und Büffelmist ein Feuer im Ofen und nahm die schwarze Pfanne vom Wandhaken. Sie legte etwas

Schinkenspeck hinein, und während er vor sich hin briet, bereitete sie einen Maisfladen vor. Der Mann saß am Tisch und drehte noch immer seinen alten Hut in den Händen.

«Vielleicht wollen Sie sich etwas saubermachen», sagte sie. «Draußen ist eine Pumpe, dahinten, am Fuß des Hügels.»

Er sah verlegen aus.

«Ich kann nicht aufstehen, Ma'am», murmelte er. «Mir dreht's sich im Kopf. Hoffentlich fall ich nicht in Ohnmacht.»

Sie griff nach der Schöpfkelle im Wasserkübel, nahe bei der Tür. «Hier, hier», murmelte sie. «Es tut mir leid, daß ich so wenig gastfreundlich bin. Sie sehen ja, ich bin nicht ich selber.»

Der Mann legte den Hut auf den Tisch, packte mit beiden Händen die Schöpfkelle und trank sie in einem Zug aus. Sie füllte sie erneut, und noch ein weiteres Mal. Er gab sie ihr zurück und flüsterte dabei: «Danke». Während sie das Essen zubereitete, schwieg er. Er hatte die Ellbogen auf die Knie gestützt, den Kopf gesenkt und die Augen auf den glatten, festgestampften Lehmboden gerichtet.

«Der Fladen ist im Ofen», sagte sie. «Jetzt gibt's den Speck.»

Mit einer langstieligen Gabel pickte sie die Scheiben aus der Pfanne, obwohl sie noch nicht ganz durchgebraten waren, und legte sie auf einen Teller. Der Mann aß mit den Fingern, verbrannte sich dabei und kaute gierig. Als der Maisfladen fertig war, schnitt sie ihm ein großes Stück davon ab, legte es auf den Teller und goß Sirup darüber. Sie gab ihm einen Löffel. Doch wieder aß er mit den Händen. Er hielt den Teller unter das Kinn, stopfte das triefende, heiße Brot in den Mund, schlang es hinunter, ohne richtig zu kauen. Sie beobachtete ihn und blieb wie eine Bedienstete neben seinem Stuhl stehen. Als er seine Portion aufgegessen hatte, gab sie ihm eine weitere und goß den Sirup über die gelben Scheiben, als wäre er ein Kind. Er aß alles auf. Zum Schluß tauchte sie ein sauberes Tuch in den Wasserkübel und reichte es ihm, damit er sich Gesicht und Hände abwischen konnte.

Es wurde langsam dunkel.

«Schlafen Sie im Bett», sagte sie. «Sie müssen sehr müde sein. Legen Sie sich hin und schlafen Sie. Gehen Sie nur, ich schlafe in letzter Zeit sowieso nicht.»

«Aber nein, das geht doch nicht, Ma'am», entgegnete er.

«Gehen Sie und legen Sie sich hin». Ihre Stimme klang, als spräche sie mit einem Kind. «Ziehen Sie aber erst diese Stiefel aus, sonst ruinieren Sie mir meinen Quilt.»

Der Mann fügte sich wortlos.

Sie setzte sich auf den Boden der Türschwelle, lehnte den Rücken gegen den hölzernen Türrahmen und sah zu, wie das letzte Licht am Horizont verschwand.

Ein Windhauch ging durch die Blätter des Apfelbaums. Sie hatte ihn vor den sengenden Winden bewahrt. Nun drang das Säuseln des Baumes zu ihr wie klares Wasser, das in einem seichten Bach fließt. Sie wußte, daß hinter ihr, im Dunkel des Raumes, der Mann in einen tiefen Schlaf fiel. Sie konnte spüren, wie die Angst aus ihm herausfloß, so wie eine starke Strömung bei Ebbe. Bald wußte sie, daß er schlief. Sie wußte auch, daß sich sein Gesicht allmählich veränderte. Ohne ihn zu sehen, wußte sie, daß die schmalen Lippen weicher wurden, daß die hohen Wangenknochen sich friedlich in sein Gesicht einfügten. Und daß die großen, abgearbeiteten Hände sich entspannten, nun, da er auf dem Rücken lag, mit geöffneten Handflächen, als ob er die ersten Sterne über der großen, weiten Prärie geschenkt bekäme.

# Der Fluß

## 1853

Als sie in Natchez an Bord des Dampfers ging, sahen alle auf den erste Blick, mit wem sie es zu tun hatten. Die Augen der Reisenden an Deck richteten sich auf sie, um sie zu mustern. Sie hatte hochgesteckte blonde Locken, einen kecken Hut auf dem Kopf, und der zarte Tüll verhüllte kaum ihren grellroten Mund. Mit geschärften Sinnen vernahmen sie das Rascheln ihres schwarz-violetten Seidenkleids, als sie vorbeiging, sowie das harte Klackern ihrer glänzenden hochhackigen Stiefeletten auf dem Deck. Die verschiedenen Gruppen der beieinanderstehenden Passagiere wollten mit verstohlenem Blick erhaschen, wie sie ihren Sonnenschirm herumwirbelte und frech ihre Hüften wiegte. Allein schon der Duft ihres schweren, süßen Parfüms sorgte für ein Raunen, das vom Bug bis zum Heck des Flußdampfers lief.

Einige Frauen grinsten höhnisch, als sie vorüberging; ein großer schwarzer Sklave, der sich unter dem Gewicht ihres Schrankkoffers krümmte, folgte ihr. Sie waren Farmersfrauen in schlichten Baumwollkleidern und mit tristen Hauben, unterwegs zur Grenze von Kansas, und ihr Geplapper wurde zu einem Wispern, sobald sie näher kam.

Als der Dampfer langsam vom Kai ablegte und die Schaufelräder in das schlammige Wasser griffen, betrat sie den langgestreckten goldenen Salon, immer noch gefolgt von ihrem Diener mit dem Schrankkoffer auf dem Rücken. Männer schauten von ihrem Kartenspiel auf, um sie zum hochflorig ausgelegten Gang am anderen, weit entfernten Ende des riesigen Raums schreiten zu sehen. Einige pfiffen hörbar durch die Zähne. Und später dann starrten sie ab und zu auf die Schatten im Gang, verrenkten sich die Hälse, um die geschlossene Tür der Luxuskabine, in die sie verschwunden war, sehen zu können.

Nachdem er ihr den Schrankkoffer hineingetragen hatte, stand der Sklave vor ihrer Tür, die Arme vor der kräftigen Brust verschränkt, gleichmütig und bewegungslos. Es wurde darüber gesprochen, wie man ihn wohl nach unten bekäme, wo er hingehöre. Doch daraus wurde nichts. Wie ein Soldat blieb er auf seinem Posten.

Bei Sonnenuntergang, als die Frau immer noch nicht ihre Kabine verlassen hatte, war sie der Hauptgegenstand der Gespräche an den Tischen, auf denen gebratenes Huhn und warmes Brot standen. Vor allem die Farmersfrauen zerrissen sich das Maul.

«Sieht so aus, als wollte die Schlampe mit den ehrbaren Leuten nichts zu tun haben.»

«Haben Sie denn nicht gesehen? Der Nigger hat ihr alles auf einem Tablett gebracht.»

«Also ich würde mich mit dieser Person nicht an einen Tisch setzen. Nicht einmal für Geld.»

«Was glauben Sie, wo sie wohl hinwill?»

«Ich schätze, nach Saint Louis.»

«In ein Bordell in Saint Louis, wollen Sie sagen.»

«Ich habe jemanden sagen hören, sie sei eine Französin aus New Orleans.»

«Es ist doch wirklich eine schreiende Ungerechtigkeit, daß ehrbare Frauen wie wir in drangvoller Enge schlafen müssen, während ihresgleichen sich bequem in einer Luxuskabine ausstrecken kann.»

«Ich habe ihre Tür gesehen. Ich bin daran vorbeigegangen. Da ist ein Ölgemälde drauf. Alle Kabinen dort haben das. Und dieses Parfüm! Man riecht es schon im Vorbeigehen. Bis in die Halle stinkt das.»

«War der Neger da?»

«Er hat sich nicht gerührt. Der bleibt vor der Tür wie ein Hund.»

Später am Abend, als sich die reicheren Leute im Salon drängten, hing der Zigarrenrauch schwer unter den leicht klirrenden Kristallüstern. Ein Mann mit gelocktem Haar, einem Hut auf dem Kopf, ging von Tisch zu Tisch und konnte das Interesse einiger Kartenspieler für sich gewinnen. Er zog ein Bündel Lithographien aus einer Aktenmappe, zeigte sie herum und sprach aufgeregt. Sein Gesicht war gerötet vor Anspannung.

«Schauen Sie, die Stadthalle, Sir», rief er aus. «Sehen Sie doch nur, diese schattigen Bäume! Da sind zwei Kirchen. Ja, es gibt sogar eine Oper! Sehen Sie selbst!»

Die Lithographien gingen von Hand zu Hand.

«Ich bin der Alleinvertreter dieser wunderbaren Stadt Kansas», sagte der Mann mit dem Hut und zog dabei einen Stuhl an den Tisch. «Und lassen Sie mich Ihnen sagen, meine Herren, daß ich Ihnen hier die Chance Ihres Lebens biete. Fünfzig Parzellen besten fruchtbaren Bodens habe ich Ihnen anzubieten. Unterschreiben Sie! Sie werden es nicht bereuen, Sir! Diese Stadt hat eine großartige Zukunft, und ich bin sicher, Sie und Ihre Familien wollen daran teilhaben!»

Ein älterer Händler, der in New Orleans an Bord gegangen war und nun in einem tiefen Ledersessel saß, lachte leise in sich hinein und beugte sich dann zu einem jüngeren Mitreisenden. Er gestikulierte mit seinem Cognacschwenker in der Hand, so daß die goldene Flüssigkeit in dem Glas schwappte, und sagte: «Sehen Sie diesen Kerl da drüben mit dem Hut, der über sein Kansas City quatscht?»

«Ja, Sir, ich beobachte ihn schon eine ganze Weile», antwortete der jüngere Mann.

«Seine sogenannte Stadt ist wahrscheinlich nicht mehr als ein paar in die Prärie gehauene Pfosten. Ich habe schon öfters solche Kerle bei ihrer Arbeit gesehen. Ich kannte einen Mann, der sich hat überreden lassen. Der hat all seine Ersparnisse verloren.»

«Warum warnen Sie dann diese armen Burschen da drüben nicht?»

Der ältere Mann lachte wieder in sich hinein. «Schlangen wie der müssen auch leben. Soll er doch zubeißen. Wenn diese Bauerntölpel zu blöd sind, ihn zu durchschauen ... ihr Pech. Es steckt doch eine Menge

Arbeit hinter dieser Routine. Ich bewundere ihn fast dafür.»

«Sie sind kein Moralist, oder?»

«Leben und leben lassen, mein Junge. Friß, oder du wirst gefressen.» Er hob sein Cognacglas. «Und wo wir gerade dabei sind, trinken wir auf die unsichtbare Lady in ihrer Luxuskabine. Möge das Glück ihr hold sein!»

Der jüngere Mann hob ebenfalls sein Glas an die Lippen, und beide tranken langsam, um das süße Brennen der Flüssigkeit möglichst lange auf der Zunge zu spüren.

Im letzten Tageslicht setzte der Dampfer seine Reise flußaufwärts fort. Dicht am Ufer entlang hielt er sich im ruhigen Wasser, wich den starken Strömungen in der Mitte des Flusses aus, die das Fortkommen gen Norden verlangsamt hätten. An beiden Ufern des großen Flusses waren die Bäume tief über das Wasser geneigt. Ihre Blätter, die den kühlen Strom wie Lippen streiften, küßten ihre eigenen dunklen Schatten.

Und im Gang mit dem weichen Teppich bewachte immer noch der Schwarze die Tür seiner Herrin.

Am Abend des dritten Tages der Reise flußaufwärts wagte die Ehefrau des älteren Händlers aus New Orleans, den Schwarzen anzusprechen. Sie sagte: «Schau her, Junge! Ist alles in Ordnung mit deiner Herrin da drin?»

«Die gnädige Frau will nicht gestört werden», war die Antwort des großgewachsenen Sklaven. «Und ich stehe hier, um darauf zu achten, daß es nicht passiert», fügte er mit lauterer Stimme hinzu.

«Ich bin überrascht, daß der Kapitän das erlaubt», antwortete sie entrüstet. «Du hast hier in der ersten Klasse nichts zu suchen, nicht mit Weißen zu reden.»

«Ich tue nur, was man mir aufgetragen hat, Ma'am», sagte der dunkelhäutige Mann und senkte den Kopf.

«Ich werde mit dem Kapitän über dich sprechen und über dieses Wesen da drin», sagte sie spitz. «Da kannst du sicher sein!»

Leise schnaubend ging sie davon, watschelte den Gang entlang, den Lichtern des Salons entgegen.

Im Bauch des Schiffes rumpelten die Dampfkessel, dann war nur noch ein leises Summen zu hören. Und die Gespräche in dem langen goldenen Raum schwappten hin und her wie das Wasser. An einigen Tischen unterhielt man sich über die letzte Gelbfieberepidemie, die in New Orleans ausgebrochen war. Einige Leute schworen auf Zitronenwasser als Mittel gegen die tödliche Krankheit, andere waren für Knoblauch und Zwiebeln. Oder Chinin. Oder Gin und Schwefel. Oder sogar für Kanonenschüsse in die Luft.

Dichter Nebel zog auf.

In seinem verglasten Verdeck oben auf dem Dampfer lauschte der Kapitän auf die Zurufe seines Lotsen. «Zwei Faden tief! Viertel Faden! Drei Faden tief!»

Die Gespräche ebbten nach und nach ab und endeten schließlich ganz. Mit vom Nebel benommenen Sinnen gingen die Passagiere zu Bett.

Die meisten fielen schneller in den Schlaf als gewöhnlich. Und tief in der Nacht träumten einige Männer, wie sie einen Tüllschleier hoben und ihren Mund auf weiche rote Lippen preßten, und einige Frauen träumten davon, Seide auf ihrer Haut zu spüren, schweres süßes Parfüm zu tragen und die Blicke aller Männer auf sich zu ziehen.

Das Schiff fuhr nun sehr langsam durch den dichten Nebel. Niemand sah die zwei Personen aus der Luxuskabine kommen und rasch und geräuschlos durch den goldenen Salon hindurch und nach draußen auf Deck laufen. In den blonden Locken der Frau fingen sich winzig kleine Nebeltröpfchen. Sie trug nur ein einfaches Baumwollhemd.

«Salomon, bist du sicher, daß wir das tun müssen?» flüsterte sie.

Der große Mann trug ein zusammengerolltes Seil über der Schulter. Er ging geradewegs auf die Reling zu, machte einen Doppelknoten und warf das Seil hinunter.

«Ich bin mir sicher», entgegnete er. «Diese Frau hat mich den ganzen Abend angestarrt, als ob sie etwas ahnt. Und ich habe sie mit dem Kapitän sprechen sehen. Wir sind schon so weit gekommen, wir dürfen jetzt kein Risiko eingehen.»

Er ging voran, überstieg die Reling und ließ sich vorsichtig an dem Seil in das dunkle Wasser hinunter. Die Frau schien einen Moment zu zögern. Doch ein starker Ruck am Seil vom Mann unten drängte sie vorwärts. Sie umfaßte das Seil mit beiden Händen, glitt dann ebenfalls nach unten ins Wasser und drückte sich sanft an seine Seite.

Sie legte beide Arme um seinen Hals. So blieben sie einen Moment und paddelten mit den Füßen. Und dann zog er ihr mit einer Hand, von der das Wasser tropfte, die blonde Perücke vom Kopf. Kurzgeschnittene, dunkle Locken kamen zum Vorschein.

«Trag nie mehr wieder dieses Parfüm», flüsterte er und küßte ihre Lippen, von denen jede Spur von Rot verschwunden war. «Und nun schwimm!»

Sie ließ ihn los und schwamm auf das Ufer zu. Er folgte ihr mit kräftigen, langen Zügen.

Die blonde Perücke trieb eine Weile auf dem Fluß. Als sie endlich gesunken war und sich sanft auf den schlammigen Grund legte, waren der Mann und seine hellhäutige Frau schon einen guten Kilometer in Illinois. Sie gingen schnell und kosteten ihre erste Stunde in Freiheit aus.

# Das Kleid

## 1876

Ich geh da nicht hin», sagte das Mädchen. «Ich geh da nicht hin. Ich bleib nicht bei dieser verrückten alten Frau.»

«Du vergißt deinen Anstand, mein Fräulein! Du wirst tun, was man dir sagt. Sie ist deine Tante. Sie wird für dich sorgen, während ich weg bin.»

Der Mann erhob sich vom Tisch, um seinen Worten mehr Nachdruck zu verleihen. Hoch ragte er vor dem dunkelhaarigen Kind auf, das gerade zur Frau wurde. Er, der Schmied der Stadt, war gebräunt und großgewachsen, mit zerzausten Haaren und großen, kräftigen Händen. Er fühlte sich hilflos.

Sie saß da in ihrem zu klein gewordenen Baumwollkleid, blickte durch verfilztes braunes Haar starr vor sich hin und trat mürrisch mit dem nackten Fuß gegen das Tischbein. Der Schmied bemerkte mit schlechtem Gewissen den nachlässig geflochtenen Zopf, der ihr über den Rücken hing.

«Es ist diesmal niemand in der Stadt, der sich um dich kümmern könnte, während ich weg bin», setzte er wieder an, mit lauter Stimme. «Du weißt, Mrs. Barton liegt mit Fieber im Bett. Du wirst diesmal bei deiner Tante bleiben. So und nicht anders.»

Das Mädchen trat wieder gegen das Tischbein, diesmal so heftig, daß die Teller schepperten.

«Ich werde in zwei Wochen aus Saint Louis zurück sein. Das verspreche ich dir», fuhr er mit ruhigerer Stimme fort. «Nun sei tapfer, Laura. Tante Ella wird dich nicht fressen. Man könnte denken, sie sei eine alte Hexe, so wie du von ihr sprichst.»

«Du hast selbst gesagt, sie sei verrückt im Kopf. Ich hab's gehört.» Das Mädchen gab sich nicht so schnell geschlagen.

«Nun ja, wenn man wütend ist, sagt man schon mal etwas, was man eigentlich nicht so meint. Deine Tante Ella ist nur traurig über gewisse Dinge, die ihr vor langer Zeit zugestoßen sind.»

«Was ist ihr zugestoßen?»

«Das erzähle ich dir, wenn du größer bist. Im Moment geht dich das nichts an.»

«Sie liebt die Indianer!» Die Stimme des Mädchens gab ihm einen Stich. «Sie hat bei ihnen gelebt. Sie war eine schmutzige Wilde! Ich weiß alles darüber. Ich habe gehört, wie du darüber gesprochen hast.» Das Kind klagte ihn trotzig und herausfordernd an.

Der Mann gab keine Antwort.

«Ich habe Angst vor ihr, Pa. Zwing mich nicht, zu ihr zu gehen.»

«Hör mit diesem Unsinn auf», fuhr er sie ungeduldig an. «Deine Tante Ella hat in ihrem ganzen Leben noch keiner Fliege etwas zuleide getan. Pack deine Sachen zusammen. Ich fahre dich noch heute morgen zu ihr aufs Land.»

Nach einer langen Weile fragte das Mädchen: «Muß ich Schuhe anziehen?»

Da wußte der Mann, daß er gewonnen hatte. Er antwortete schnell: «Ja, du mußt Schuhe anziehen, und du mußt auch deine Haare kämmen. Ich werde doch nicht so ein unordentliches Mädchen aufs Land bringen.»

Ella Morgans Haus lag gut zehn Kilometer außerhalb der Stadt. Es war ein einfaches Holzhaus, das auf einer Anhöhe stand und von scheinbar endlos weitem, leicht hügeligem Land umgeben war.

Wade Morgan fuhr seine Tochter mit dem Pferdewagen hinaus. Immer wieder warf er einen Blick auf ihr verschlossenes Gesicht, auf die verschränkten Arme vor der Brust, wo schon ein kleiner Busen zu sehen war. Das Kleid war zu klein geworden, und er wußte das. Sie war aus allem herausgewachsen. Und es gab keine Mutter, die sich um sie kümmerte. Er würde ihr ein neues Kleid aus Saint Louis mitbringen. Und auch einige Borten. Er dachte darüber nach, was er sagen könnte. Doch die Worte, die er sprach, klangen hohl.

«Du wirst nett sein zu deiner Tante Ellie, hörst du?»

Das war alles, was er zustande brachte.

Die Frau war groß. Sie stand ganz still vor ihrem Haus, vor der kleinen weißen Veranda, und wartete auf sie.

Als sie sich der bewegungslosen Silhouette näherten, bemerkte Laura, daß ihre Tante sie schon seit einer ganzen Weile gesehen, daß sie sie beoachtet haben mußte, wie sie von Norden her, aus der kleinen Stadt kommend, das hügelige Land durchquert hatten.

«Ella, hier ist sie!» rief Wade, während er Laura vom Wagen half.

In den Ohren des Mädchens klang seine Stimme angespannt. Laura stand vor dem Pferdewagen und hüpfte mit ihren engsitzenden geknöpften Schuhen von einem Bein auf das andere, während ihr Vater die kleine Tasche, die ihre Kleider enthielt, unter dem Sitz hervorholte.

«Hallo, Tante Ella», murmelte sie, ohne aufzuschauen.

«Hallo, Laura», sagte eine besonders sanfte Stimme. Laura blickte hoch in freundliche blaugraue Augen, die denen ihres Vaters sehr ähnlich sahen, aber doch auch wieder ganz anders waren. Sie blickte auf das blonde, schon leicht ergraute Haar ihrer Tante. Es war kräftig und zu einem einfachen Knoten im Nacken geschlungen. Der Mund der Frau war ziemlich groß, ihre Stirn war glatt. Plötzlich bemerkte Laura, daß sie sie anstarrte, und senkte den Blick.

«Kommt rein, ihr beiden. Es ist schon so lange her», sagte die Frau. Sie machte keinen Versuch, den Mann oder das Kind zu berühren.

Sie folgten ihr über die Veranda ins Haus. Laura atmete den Duft von Holz, Kräutern und Brathuhn ein. Als sie in den großen Hauptraum gingen, drehte sich die Frau zu ihrem Bruder um und sagte: «Ich bin froh, daß du deine Einstellung geändert hast, Wade.»

«Ach, Ellie, steig jetzt nicht auf das hohe Roß. Ärgere dich nicht.» Ihr Vater klang heiter. Doch Laura konnte immer noch seine Nervosität spüren.

«Ich bin nicht ärgerlich, Wade. Du und das Kind wart hier immer willkommen, und das weißt du.»

Sie sprach langsam und bedächtig. Aber das Mädchen konnte eine merkwürdige Melodie heraushören, die irgendwo in ihrer Stimme verborgen war, einen mitschwingenden, kaum wahrnehmbaren Akzent. Plötzlich wurde Laura bewußt, daß sie zum ersten Mal in ihrem Leben ihre Tante aus der Nähe sah.

Über Tante Ella Morgan, die ältere Schwester ihres Vaters, war immer nur mit gedämpfter Stimme gesprochen worden, und das Gespräch war jedesmal ganz abgebrochen, wenn sie den Raum betreten hatte. Einmal hatte sie zufällig ihren Vater sagen hören: «Wir sollten sie in Ruhe lassen. Wir haben ihr schon genug angetan.» Das war damals, als ihre Onkel und die Großeltern aus Salinas zur Beerdigung ihrer Mutter gekommen waren. Damals, als der Duft von frisch geschnittenen Blumen durch das ganze Haus strömte, sagte ihr Vater: «Lassen wir sie in Ruhe.» Laura war damals gerade erst sechs Jahre alt, doch sie erinnerte sich noch sehr gut, wie Tante Ella hinten in der Kirche saß, steif und stolz in einem neuen schwarzen Kleid. Sofort nach dem Gottesdienst hatte sie die Kirche verlassen, war nicht zum Familientreffen geblieben, sondern war schnurstracks in ihrer Kutsche aus der Stadt gefahren und hatte das Pferd mit der Peitsche zum Galopp angetrieben.

Nun hörte Laura ihre Tante sagen: «Bleib doch und iß etwas, Wade. Es ist alles fertig.»

«Ich will dir keine Umstände machen, Ellie.»

«Das sind keine Umstände. Ich freue mich, daß du hier bist.»

Laura schaute sich in dem Raum um. Er war rechteckig und hell. In der einen Ecke war ein Kamin, in der anderen ein gußeiserner Herd. Alles war strahlend sauber, der Holzboden frisch gescheuert. Eine kleine blaue Tür, die angelehnt war, führte zu einem Gästezimmer, das nach Süden zeigte. Alle Möbel waren schlicht, mit Ausnahme einer ausladenden, üppig verzierten Kommode, die zwischen zwei nach Westen gehenden Fenstern stand. Ihre dunklen polierten Oberflächen und die ziselierten Bronzegriffe an den breiten Schubladen bildeten einen seltsamen Gegensatz zu der betonten Einfachheit des Raumes. Laura bestaunte sie.

«Ist doch schön, oder?»

Laura schaute in die ruhigen blaugrauen Augen.

«Ja, Ma'am», antwortete sie höflich.

«Sie hat meiner Großmutter gehört», sagte Tante Ella. Sie wandte sich von dem Mädchen ab und fuhr mit der Hand zart über das glatt polierte Holz. «Das war das einzige Möbelstück, das ich behalten wollte, als ich mich entschloß, hier draußen zu leben.»

«Du weißt, du hättest alles haben können, was du wolltest, Ella», sagte Wade ein bißchen grob.

«Ich wollte nichts anderes», sagte sie ruhig.

Der Tisch war bereits für drei gedeckt. Sie aßen schweigend. Wade saß am Kopf des Tischs, Laura und ihre Tante saßen sich gegenüber. Es war ein gutes Essen mit gebratenem Huhn, geschmortem Kürbisgemüse und heißen Brötchen mit frischer Butter. Zum Nachtisch gab es Apfelkuchen.

«Du hast dich selbst übertroffen», sagte Wade, nachdem er ein zweites Stück Apfelkuchen aufgegessen hatte. «Ich habe seit Weihnachten nicht mehr so was Gutes gegessen.»

Laura sah, wie ihre Tante den Arm ausstreckte und die Hand ihres Bruders berührte, und sie sah auch, wie er bei ihrer Berührung ganz leicht zusammenzuckte.

Tante Ella faltete die Hände im Schoß und sagte ruhig: «Du kannst es immer noch nicht ertragen, nicht wahr, Wade?»

Wade erhob sich vom Tisch wie ein Schwimmer, der auftaucht und nach Luft schnappt. Ein wenig unbeholfen tätschelte er Lauras Kopf.

«Ich gehe jetzt wohl besser. Sonntag in einer Woche komme ich Laura abholen. Ich bin dir sehr dankbar. Ich gehe jetzt wohl besser.»

Er schien zu schwanken, als er zur Tür ging.

«Auf Wiedersehen, Pa», sagte Laura mit leiser Stimme.

Sie blieb mit ihrer Tante noch einige Sekunden am Tisch sitzen, während ihr Vater bereits die Veranda überquerte und durch die Nachmittagssonne zum

Pferdewagen ging. Ein dicker Knoten hatte sich in ihrem Magen gebildet, ihre Hände waren feucht geworden, sie merkte, daß sie sich fürchtete.

«Vielleicht sollten wir rausgehen und winken, meinst du nicht?» sagte Tante Ella. Laura schaute auf. Ein kleines Lächeln spielte um Tante Ellas Mundwinkel. Zu ihrer großen Überraschung löste sich der Knoten in ihrem Magen, und jetzt lächelte auch sie, als teilten sie ein Geheimnis miteinander.

«Ja, Ma'am, gehen wir», sagte sie.

Gemeinsam standen sie auf der Veranda und sahen Wade davonfahren, bis er hinter dem Hügel verschwunden war. Sie standen immer noch dort und schauten, bis er wieder auftauchte und nach und nach zu einem winzigen schwarzen Punkt wurde, der sich durch die Prärie gen Norden bewegte.

«Jetzt zeige ich dir, wo du schläfst», sagte Tante Ella und ging rasch zurück ins Haus. Ihre Bewegungen waren nun kraftvoller geworden, als würde sie sagen, jetzt können wir durchatmen, jetzt können wir die Dinge in Angriff nehmen. Sie führte Laura durch die blaue Tür in ein kleines Zimmer, in dem ein Messingbett und ein schmaler Schrank standen. Oben auf dem Schrank war eine Waschschüssel aus Emaille, in der eine große Zinnkanne stand.

«Aber das muß doch dein Zimmer sein, Tante Ella!» sagte Laura, als ihr plötzlich klar wurde, daß es kein weiteres Schlafzimmer mehr gab.

«Ich werde in dem großen Zimmer schlafen, solange du hier bist.»

«Aber wo wirst du schlafen? Ich habe kein anderes Bett gesehen.»

«Mach dir darüber keine Gedanken. Ich habe ein besonderes Bett. Ich zeig es dir später. Jetzt ist es an der Zeit, deine Sachen auszupacken. Wo ist denn deine Tasche?»

«Pa hat sie wahrscheinlich draußen auf der Veranda gelassen.»

«Lauf und hol sie!»

Gemeinsam räumten sie die Kleider, die Laura sorgfältig gefaltet aus der Tasche nahm, in den Schrank. Tante Ella legte sie in die Fächer. Es war nicht viel. Zwei verschossene Baumwollkleider, ein Sonnenhut, zwei Baumwollunterröcke, ein Nachthemd und Unterwäsche.

Tante Ella schloß den Schrank und sagte: «Du kannst deine Schuhe ausziehen, wenn du willst.»

Laura setzte sich sofort aufs Bett und machte sich daran, die Knöpfe der engsitzenden Schuhe zu öffnen. Tante Ella, die vor dem Schrank gekniet hatte, drehte sich um und half ihr, sie auszuziehen. Laura stieß einen Seufzer aus und wackelte mit den Zehen.

Dann erinnerte sie sich an ihre Erziehung und sagte: «Danke, Tante Ella, daß ich hier bei dir sein kann.»

Die Frau schien sie nicht zu hören. Sie schaute hinunter auf die nackten Füße des Mädchens, als träumte sie. Laura fühlte, wie die Angst wiederkehrte und ihr Schauer über den Rücken jagte.

Doch dann kam die Antwort, in einem befremdend melodischen Tonfall. «Nichts zu danken, Laura. Ich wollte, du wärst schon früher gekommen.»

Die Worte sprudelten aus ihr heraus, ehe sie es verhindern konnte: «Pa wollte nicht ...»

«Wollte nicht, daß du herkommst?» Die Tante vollendete den Satz für sie.

Laura wurde schamrot und drehte verlegen einen Zipfel ihres Kleides zwischen den Fingern. Es herrschte ein langes Schweigen. Die Frau versuchte nicht, es zu unterbrechen. Schließlich begann Laura stockend zu sprechen.

«Manchmal sehe ich dich durch die Stadt fahren. Manchmal sehe ich dich von unserem Fenster aus. Aber du hältst niemals an. Manchmal sehe ich dich auch im Laden. Einmal, kurz nachdem meine Mutter gestorben war, habe ich dich dort gesehen, und ich wollte gerade über die Straße rennen, als Pa kam und mich festhielt. Und danach ...» Die Stimme des Mädchens wurde immer leiser.

«Und danach hat er dir erzählt, ich sei verrückt, nicht ganz richtig im Kopf. Eine verrückte Frau, die alleine draußen in der Prärie lebt, jahrein, jahraus, seit zehn Jahren.»

«Er hat es nie geradeheraus gesagt. Aber ich habe ihn mit Leuten darüber reden hören.»

«Mit eurer Nachbarin Liza Barton, zum Beispiel?»

«Ja, mit ihr.»

«Und mit dem alten Pete Hansen vom Hotel?»

«Woher kennst du die alle?»

«Ich kenne jeden, der in deiner Stadt wohnt, mein Kind. Darum lebe ich ja auch hier draußen.»

«Ich verstehe das nicht.»

«Ich lebe hier draußen allein, weil ich es muß.»

«Ich verstehe dich immer noch nicht, Tante Ella.»

Die Frau schien wieder in einen Traum zu sinken. Noch immer hockte sie auf dem Boden. Schließlich sagte sie: «Nur so kann ich das Leben ertragen.»

Das Mädchen wollte nicht, daß ihre Tante noch einmal entschwebte. Rasch fragte sie: «Haben sie dir etwas Schlimmes angetan, all diese Leute in der Stadt, Tante Ella?»

«Sie haben getan, was sie für richtig hielten. Sie haben nicht verstanden, daß es das Schlimmste war, was sie tun konnten. Daß es ein Verbrechen war, so als brächten sie jemanden um.»

«Was haben sie denn getan?»

Die Frau stand auf, ohne etwas zu antworten. Sie streckte die Hand aus. «Komm, ich zeige dir jetzt den Rest.»

Sie gingen aus dem Haus. Es war heiß, ein leichter Südwind wehte. Um sie herum erstreckte sich das Land wie ein Meer. «Dein Hügel ist wie ein Schiff, Tante Ella», sagte sie. «Ich fühle mich, als wären wir auf einem großen Schiff und segelten über das Meer.»

«Wirklich, das fühlst du?» rief ihre Tante aus. «Auch ich fühle das manchmal.»

Sie gingen über den Hang auf einen kleinen Stall zu und traten hinein in die dunkle Wärme. Aus der Tiefe des Stalls drangen Geräusche eines Pferdes, das mit den Hufen scharrte und einen Willkommensgruß wieherte. Laura rannte voraus, streckte begierig ihre Hände über das Holzgatter, berührte die samtigen Nüstern und bewunderte die großen feuchten Augen.

«Hier.» Ella gab ihrer Nichte ein Bündel Heu. Das Mädchen hielt dem Pferd gleich das ganze Bündel hin und spürte, wie die großen weichen Lippen daran zogen, und hörte mit bebendem Vergnügen, wie die starken Zähne des Tieres malmten.

«Darf ich für ihn sorgen, solange ich hier bin? Darf ich ihn striegeln und ihm Wasser geben?» fragte sie.

«Natürlich. Hier gibt es viel zu tun. Du kannst auch die Hühner füttern, Wasser holen und mir im Garten helfen.»

«Wo ist dein Garten, Tante Ella?»

«Willst du ihn gleich sehen?»

Sie gingen auf der Südseite den Hügel hinunter. Unten konnte Laura nahe einem kleinen Feld mit geraden Mais-und Gemüsereihen einen Brunnen mit einer glänzenden Pumpe erkennen.

«Komm, wir rennen», sagte Tante Ella plötzlich. «Wetten, daß ich zuerst am Brunnen bin!»

Und ehe das Mädchen sich versah, war die Frau neben ihr mit wehenden Kleidern und im Wind flatternden Schürzenbändern schon halbwegs den Hügel hinuntergesaust. Mit einem Schrei rannte Laura hinter ihr her. Am Fuße des Hügels drehte sich Tante Ella um – sie war völlig außer Atem – und legte eine Hand auf den Schwengel der Pumpe. So sah sie ihrer Nichte entgegen.

«Ich hab gewonnen!» lachte Tante Ella.

«Du hast geschummelt!» rief Laura.

«Na klar!» antwortete die Frau und stemmte die Hände in die Seiten. Ihr Haarknoten hatte sich aufgelöst, und mit einem Mal sah sie um Jahre jünger aus.

Sie gingen durch die Mais-, Bohnen- und Kürbisreihen.

«Welch ein wunderschöner Garten, Tante Ella.»

«Er hält mich auf Trab. Und das, was ich selber nicht brauche, kann ich in der Stadt verkaufen. Das stört sie nicht», fügte sie mit einem Kichern hinzu. «Sie kaufen mein Gemüse, auch mein Eingemachtes. Weißt du, wie man einmacht?»

«Na ja, manchmal schaue ich Mrs. Barton dabei zu.»

«Ich könnte es dir beibringen, solange du hier bist.»

Das Mädchen schaute zum Horizont. Die Frage, die ihr schwer auf der Seele lag, quälte sie. Sie mußte sie unbedingt loswerden.

«Tante Ella, ist es wahr, daß du bei den wilden Indianern gelebt hast?»

Die Frau wandte sich dem Mädchen zu, als hätte sie eine Ohrfeige bekommen. Ihre blaugrauen Augen blickten kalt. Laura erkannte sie kaum wieder. Der Wind spielte mit ihrem schweren, offen fallenden Haar; in ihrem Gesicht war Aufruhr. Dann drehte sie sich weg und beugte sich vornüber. «Das geht dich nichts an», war die Antwort. Sie klang wie erstickt.

«Es tut mir leid. Ich wollte dich nicht verletzen.» Das Mädchen hatte jetzt Angst.

«Jedem tut es leid, tut es sehr, sehr leid.»

Die Frau richtete sich auf und ging weg, ohne sich umzusehen. Sie ging geradewegs auf die Prärie zu. Das Kleid wehte um ihre Beine. Laura beobachtete, wie sie hinter einer Anhöhe verschwand.

Laura ging zurück zum Haus. Sie setzte sich an den Tisch und schaute sich in dem Zimmer um. Ihr Blick glitt über die Oberfläche des schwarzen Herds, über die ordentlich aufgereihten Holzscheite, die in einem flachen Korb daneben lagen. Sie betrachtete den schlichten hohen Schrank, in dem Tante Ella ihre Teller, Schüsseln und Kochtöpfe aufbewahrte. Sie ging hinüber, öffnete eine der Schubladen und schaute auf die Messer und Gabeln. Sie berührte die scharfen Spitzen einer Gabel und schloß die Schublade wieder. Dann ließ sie ihre Hände in die glatte Zinnwaschschüssel auf dem Herd gleiten, hob den schweren Wasserkessel. Da war noch etwas Wasser drin. Vielleicht sollte sie runter zum Brunnen gehen und neues holen. Sie setzte sich wieder hin, und ihr Blick fiel auf die verzierte Kommode, die zwischen den beiden nach Westen gehenden Fenstern stand. Etwas Dunkles in der Ecke rechts neben dem glattpolierten Möbelstück zog ihren Blick magisch an. Es war ein großes Lederbündel, das wie eine Tierhaut aussah. Sie beschloß, es lieber nicht anzurühren.

Als sie einen Besen neben dem Schrank entdeckte, begann Laura den glatten Holzboden zu fegen. Nicht daß er es nötig gehabt hätte, aber sie gab sich mechanisch dieser Arbeit hin, fegte den eingebildeten Dreck auf die Veranda hinaus und von dort die Stufen hinunter bis auf den Hof. Sie fegte ziemlich lange, um sich zu beschäftigen und die Angst nicht zu spüren.

Es war bereits später Nachmittag, als Tante Ella plötzlich auf der Türschwelle stand. Ihr Haar fiel ihr offen über die Schultern, ihr Gesicht hatte sich wieder aufgehellt. Laura erhob sich vom Stuhl. Ihre Tante ging einige Schritte auf sie zu und stand dann schweigend vor ihr.

«Vergib mir, Laura. Hoffentlich habe ich dir keine Angst eingejagt.»

«Es geht schon. Ich wollte nicht neugierig sein, ganz bestimmt nicht. Ich werde dich nie mehr wieder fragen. Das versprech ich dir.»

Die Frau setzte sich an den Tisch. Durch die Westfenster sah man das glühende Abendrot am Himmel.

Sie legte ihre Hände in den Schoß und begann langsam zu sprechen, mit langen Pausen zwischen den einzelnen Sätzen.

«Ich war ein junges Mädchen, als sie mich gefangennahmen. Sie erwischten mich am Fluß, wo ich jeden Tag Wasser holte. Dein Vater war damals noch ein Baby ... Sie banden mich auf ein Pferd und nahmen mich mit in ihr Dorf. Ich war gefangen. Ich habe ein paarmal versucht wegzulaufen, doch sie haben mich immer wieder gefunden und zurückgebracht. Das letzte Mal, als ich versuchte wegzulaufen, haben sie mich geprügelt, damit ich es nicht noch einmal versuche. Dann zogen sie in ihr Winterlager. Das war viele Kilometer weit entfernt. Und ich wußte nicht mehr, wo ich war. Nach einer ziemlich langen Zeit hatte ich jegliche Hoffnung aufgegeben, meine Familie je wiederzusehen. Und dann habe ich geheiratet.»

Das Mädchen sprach kein Wort, rührte sich nicht. Sie stand in dem Zimmer, in dem es immer röter und dunkler wurde. Die Worte ihrer Tante drangen an ihr Ohr, und der Akzent, den sie schon ganz zu Anfang wahrgenommen hatte, wurde immer stärker.

«Ich habe einen Cheyenne-Krieger geheiratet. Er war gut zu mir. Ich mußte nicht mehr so hart arbeiten. Wenn er in das Lager zurückkehrte, war meine einzige Aufgabe, sein Pferd anzubinden. Jedesmal wenn er heimkehrte, brachte er mir Geschenke mit. Und mit der Zeit war ich ihm dankbar, weil er mich gut behandelte. Ich begann auf das Geräusch seiner Schritte zu warten und darauf, ihn zu sehen. Wir haben sieben Jahre zusammengelebt. Ich habe die Cheyenne-Sprache Sahiela gesprochen. Ich war die Mutter seiner Kinder. Zwei Töchter und ein Sohn. Dann kamen eines Tages die Soldaten und griffen unser Dorf an. Sie kamen mit ihren großen Gewehren. Sie haben uns vernichtet. Ich habe alles verloren, den Mann und die Kinder, alles. Ein blau Uniformierter wollte mich gerade töten, als er sah, daß ich eine Weiße bin. Und so kam ich mit dem Leben davon und wurde zu meiner Familie zurückgebracht. Sie breiteten die Arme aus, doch im Grunde ihres Herzens schämten sie sich. Im Grunde ihres Herzens verachteten sie mich für das, was ich gewesen bin. Sie sperrten mich ein, hielten mich versteckt vor den Leuten, damit sie mich nicht sehen und mit dem Finger auf mich zeigen konnten. Schließlich, als sie sicher waren, daß ich nicht zu den Cheyenne zurücklaufen würde, ließen sie mich hier draußen wohnen. Es war mein Wunsch, hier draußen zu sein, außerhalb der Stadt. Dein Vater hat den Brunnen gegraben und dieses Haus gebaut. Er war froh, alle waren froh, mich aus dem Weg zu haben, fern von ihnen. Und so lebe ich seitdem.»

Es war Nacht geworden. Und in dem dunklen Zimmer legte sich ein Schweigen über sie wie eine schwere Wolke. Ella stand auf, ohne das Mädchen anzusehen, und ging auf das Bündel in der Ecke zu. Sie zog es hervor und öffnete es. Es war ein dickes, großes Büffelfell. Sie kniete auf dem Fell und sagte: «Das ist mein Bett. Geh jetzt schlafen, Laura.»

Das Mädchen ging schweigend in das Schlafzimmer. Sie zog sich geräuschlos aus, nahm das Nachthemd aus dem Schrankfach und schlüpfte hinein. Dann kroch sie zwischen die Laken und zog sich die Decke fest um die Schultern. Trotz der Wärme zitterte sie.

Tief in der Nacht wachte sie von einem Geräusch auf. Es war ein leises Geräusch von aneinanderreibendem Holz. Sie setzte sich auf, und das Geräusch wurde deutlicher. Laura stieg aus dem Bett und machte zwei Schritte vorwärts. Sie schaute durch die halbgeöffnete Tür in den dunklen großen Raum. Langsam gewöhnten sich ihre Augen an das schwache Licht der Sterne. Ihre Tante kniete auf dem Büffelfell vor der glänzenden Kommode und nahm etwas aus der untersten Schublade. Das Ding war weiß und weich, wie Laura sah, und schien schwer zu sein. Ihre Tante drückte das weiße Weiche an ihre Brust, dann vergrub sie ihr Gesicht darin, schien tief zu atmen, tief in dieses Ding zu atmen, sog die Luft tief ein, als gäbe es ihr Kraft. Ab und zu gab das weiße Ding ein zartes leises Klicken von sich.

Dann, plötzlich, stieß die Frau leise Klagelaute aus. Sie hatte angefangen, vor- und zurückzuschaukeln, dabei hielt sie das weiße Ding vor ihre Brust und den

Bauch und stieß Klagelaute aus. Es klang wie der Wind oder wie ein Tier, das im Wind heult, und dann hin und wieder war es wie ein Lied. Und allmählich wurde es wirklich ein Lied, eins, wie es Laura nie zuvor gehört hatte.

Dann erhob sich die Frau, so daß das weiße Ding sich entrollte, und hielt es mit ausgestreckten Armen vor sich hin. Und das Mädchen sah, daß es ein Kleid aus Hirschleder war, aus sehr weißem Hirschleder. Und sie konnte in dem schwachen Licht der Sterne, das durch die Fenster schimmerte, die glänzenden Muscheln sehen, mit denen es verziert war.

Tante Ella stand ziemlich lange dort, mit dem Kleid in den Händen. Dann kniete sie nieder und legte es vorsichtig in die breite, tiefe Schublade zurück. Sie schloß die Schublade, legte sich auf das Büffelfell und schlug seine großen Enden um sich. Sie bewegte sich nicht mehr.

Laura kroch wieder in ihr Bett. Bald konnte sie hören, daß die Frau in dem Büffelfell auf dem Holzboden eingeschlafen war. Und sie wußte, daß das Lied ihre Tante beruhigt hatte. Laura lauschte sehr lange auf das regelmäßige Atmen der Frau und dachte dabei an das Lied, immer wieder, bis auch sie in einen tiefen Schlaf sank.

# Der Zug

## 1904

KIT CARSON
Cheyenne Wells
Gopher
Monument
Grinnell
Buffalo
Ogallah
HAYS
Walker
Bunker Hill
ELLSWORTH
JUNCTION C
White River
Big Sioux R.
SIOUX CITY
KANSAS CITY
WYANDOTTE
LAWRENCE
BURLINGTON
DES MOINES
CHICAGO

Der Junge wachte auf, mit dem Gesicht zum Fenster, und sah den Mond am fahlen Himmel untergehen. Etwas spukte in seinem Kopf herum. Heute würde etwas Ungewöhnliches geschehen, sie hatten ihm davon erzählt, sie würden ihn irgendwohin bringen. Es würde interessant werden. Er versuchte sich zu erinnern, doch die Erinnerung wollte sich nicht einstellen. Manchmal spielte sein Gedächtnis ihm solche Streiche.

Es war schon heiß. Er fühlte seinen Schlafanzug am Rücken kleben, setzte zu einer Bewegung an und drehte dann mit einem Ruck den Kopf zur Tür. Sie war geschlossen. Er würde auf seine Mutter warten müssen. Er würde auf sie warten müssen, daß sie ihn aufrichtete, anzog und dann den Vater rief, der ihn die Treppe hinunter bis zu dem neuen Rattanstuhl mit Rädern tragen würde. Sie hatten ihn aus Chicago kommen lassen, bestellt nach einem Bild in dem *Sears*- und *Roebuck*-Katalog für einundzwanzig Dollar und fünfundsiebzig Cent. Es war der teuerste der drei auf dieser Seite abgebildeten Rollstühle. Aber seine Mutter hatte darauf bestanden. Er könne darin am bequemsten sitzen, hatte sie gesagt. Damit könne man draußen herumfahren, und er habe Handläufe an den Rädern. Der Rollstuhl war drei Wochen später am Bahnhof angekommen, und Pa war mit dem Wagen hingefahren, um ihn abzuholen.

«Nun, Tom», hatte sein Vater fröhlich gesagt, nachdem er ihn das erste Mal in den Stuhl gesetzt hatte, «nun kannst du selbständig ein bißchen herumfahren, wenn du mit diesen neumodischen Rädern zurechtkommst.»

«Er wird es schnell lernen», hatte seine Mutter rasch entgegnet.

Er erinnerte sich, wie seine spastischen Hände aufgeregt, aber zunächst wirkungslos auf die runden metallischen Ringe gedrückt hatten. Doch schon nach etwa einem Tag schaffte er es, mit dem Rollstuhl über die ganze Veranda zu fahren. Wenn er an einem Ende angelangt war, drehte ihn Pa oder Ma oder Emily herum, und er fuhr an das andere Ende. Sie hatten alle geklatscht, und Pa hatte mit Stolz gesagt: «Sehr gut, Tom.»

Seine Gedanken beschäftigten sich wieder mit dem bevorstehenden Tag. Noch einmal versuchte er sich zu erinnern, was passieren würde. Plötzlich war er ganz sicher, daß es etwas mit dem Bahnhof zu tun hatte. Das war es: Jemand oder etwas kam mit dem Zug.

Er hörte den Hahn krähen, und dann begann der Hund zu bellen, schnell und aufgeregt. Er wünschte, seine Mutter käme. Doch es war noch ganz still im Haus. Mit Mühe drehte er den Kopf wieder zum Fenster. Der Mond war durchsichtig geworden und verschwand im Blau. Sie hatten sein Bett nahe ans Fenster gerückt, nun da es Sommer war, damit er hinausschauen könne und frische Luft bekäme. Aber da war schon keine kühle Luft mehr an diesem Morgen. Seine

Stirn fühlte sich bereits feucht an. Warum kam sie nicht? Plötzlich drang gedämpftes Tellerklappern von der Küche herauf, und erleichtert wußte er, daß sie das Frühstück zubereitete.

Er schob das Laken bis zur Taille zurück und spürte, wie sich sein Gesicht vor Anstrengung verzerrte. Die Leute schauten nicht gern in sein Gesicht, wenn es sich bei jedem Versuch einer Bewegung so verzog. Sie mochten die Laute nicht, die er ausstieß, wenn er versuchte zu sprechen. Das war an der Art zu erkennen, wie sie sich abwandten und sich normal zu verhalten versuchten. An der Art, wie sie heiter weitersprachen, als wäre er nicht da.

Dann auf einmal war seine Mutter bei ihm. Sie hatte die Tür so leise geöffnet, daß er es nicht gehört hatte. In ihrem Morgenmantel beugte sie sich über ihn, war frisch und roch nach Lavendel, die Haare fielen ihr offen über die Schultern. Sie küßte seine feuchte Stirn, zog die Laken ganz weg und setzte ihn auf. Er versuchte ihren Namen auszusprechen, doch es kam nur ein schrilles Ächzen. Sie nahm den Nachttopf aus dem Nachttisch, zog ihm das Nachthemd hoch, umfaßte ihn geschickt unter den Armen, so daß er sich erleichtern konnte. Nun lag das Nachthemd auf dem Bett neben ihm, und er lauschte auf das Wasser, das aus der großen Porzellankanne in die Waschschüssel auf der Kommode floß, und dann spürte er den kühlen, feuchten Waschlappen auf seinem Rücken, auf den Armen und der Brust. Er bewegte sich nicht, wartete auf das Geräusch des Wassers, das in die Waschschüssel zurückrann, wenn sie den Lappen auswrang. Er mochte dieses Geräusch. Immer wieder kam sie mit dem kühlen Lappen, wusch seinen Körper schnell und sanft, dann trocknete sie ihn mit einem großen weißen Handtuch ab, und dann zog sie ihn an, so wie sie es jeden Tag tat.

Und dann, genau wie jeden Tag, rief sie: «Aaron! Tom ist fertig!»

Der große bärtige Mann kam herein und sprach kein Wort. Seine großen Hände faßten um den Rükken des Jungen und unter seine Beine, hoben ihn mit Leichtigkeit hoch und trugen ihn aus dem Zimmer. Den Kopf an die breite Schulter des Mannes gelehnt, lauschte Tom den vertrauten gedämpften Schritten auf dem Teppichboden im Gang und dann den lauteren auf der polierten Holztreppe. Er atmete den Geruch von Pfeifentabak und Seife ein. Er mochte den allmorgendlichen Weg. Flügel, dachte er, als sie gemeinsam hinuntergingen. Flügel wie ein Vogel. Er konnte den grauen Rattanstuhl sehen, der vor der untersten Stufe wartete, die dunklen Gummiräder, die wunderschönen glänzenden Handläufe.

Was würde passieren? Wieder gab er sich Mühe, sich zu erinnern, während sein Vater ihn in den Stuhl gleiten ließ und der Kaffeeduft in seine Nase zog. Auf dem Treppenabsatz über ihm konnte er seine Mutter sehen, die vornübergebeugt ihre Haare bürstete. Er konnte sie sehen, weil sein Kopf immer noch zurückgeworfen war und er noch nicht versucht hatte, die Räder zu fassen. «Emily!» rief sie, als sie gerade mit einer dicken Haarsträhne beschäftigt war. «Hol die Brötchen aus dem Ofen.»

Ein kleines Mädchen kam von der Veranda hereingelaufen und ließ die Tür hinter sich offen.

«Darf ich Toms Stuhl schieben?» rief sie.

Die Morgensonne flutete in die Diele und übergoß den Jungen mit Licht.

«Nimm erst die Brötchen aus dem Ofen», sagte der Mann. «Dann kannst du Tom auf die Veranda hinausschieben.»

Sie rannte an ihm vorbei, ein Blitz in einem blauen Kleid und mit blondem Haar. Sein Haar war dunkel, wie das seiner Mutter. Aber sie war blond wie Aaron. Und eines Tages würde sie groß sein.

Heftiges Klappern drang aus der Küche, dann kam sie zurück und griff schnell hinten an den Stuhl. Der Rollstuhl gab ein leises Tickern von sich, als sie ihn zur Tür schob und dabei gegen den Türrahmen rumste. Sie schob ihn über die Veranda bis zu seinem Platz an den Tisch, der bereits ordentlich für vier gedeckt war. An den Platz, wo er immer saß, rechts von seiner Mutter. Flügel, dachte er wieder. Grundlos drängte sich ihm dieses Bild auf. Flügel wie ein Vogel. Flügel, um über das Haus und die Farm zu fliegen. Er stellte sich das Schweben vor. Wie die Krähen, die er von seinem Fenster aus über die Maisfelder seines Vaters kreisen sehen konnte. Wie der Habicht, den er vor einiger Zeit gesehen hatte, nur für ein paar Sekunden, wie er beinahe bewegungslos hoch in den Lüften schwebte, um sich dann steil nach unten zu stürzen und mit einer kleinen Beute zwischen den Krallen wieder nach oben zu schnellen. Er verlor sich im Gedankenflug.

Ein Löffel näherte sich seinem Mund.

«Haferflocken, Tommy», sagte sie gerade. Und im selben Moment hörte er die Stimme seines Vaters mitten in einem Satz.

«Ja, der alte Adler, das war ein ...»

Während er den Mund öffnete, die Lippen um den süßen Brei schloß und mit Bedacht schluckte, richtete er seinen Blick auf den kräftigen Mann am Tischende, der Butter auf ein Brötchen strich.

«Ja, ein Viertel der amerikanischen Armee lief ihm und nicht mal zwanzig weiteren Kriegern durch diese Berge hinterher.»

Die Antwort kam. Er stieß einen Ton aus. Er kam erst leise, dann erstarb er. Sie gaben vor, nichts zu hören. «Viele Leute werden am Bahnhof sein, um ihn zu sehen.»

Jemand kam mit dem Zug. Jemand mit dem Zug.

«Falsch wie eine Schlange», fuhr sein Vater fort. «Grausam. Hat mehr weiße Kehlen durchgeschnitten, als ich mir vorstellen mag.»

«Ist er gefährlich?» fragte Emily mit Entsetzen in der Stimme.

«Gott, nein! Er ist heute ein alter Mann, Liebling. Keiner weiß genau, wie alt er ist. Er hat das Land terrorisiert, damals um 1880, als er die Armee auf den Fersen hatte. Ich habe ihn selbst gesehen, als ich Soldat war, damals 1886, als er sich General Miles im Skeleton Canyon ergeben hatte.»

Nach einem kurzen Schweigen fügte er hinzu: «Ich muß zugeben, ich bin richtig gespannt darauf, ihn noch einmal zu sehen.»

«Vielleicht bleibe ich zu Hause», sagte die Frau ruhig.

«Unsinn, Lily!» brüllte der Mann.

«Ma!» rief das Mädchen gleichzeitig. «Willst du ihn nicht sehen?»

«Ich glaub schon. Aber irgendwie finde ich es nicht richtig. Er ist Gefangener, dort in Fort Sill. Sie sollten ihn nicht so vorführen, so wie ein Tier im Zoo.»

«Ich darf doch hingehen, Pa?» Emilys Stimme klang einschmeichelnd. Das hübsche Kind wußte schon, wie es sich durchsetzen konnte.

«Wir gehen alle», sagte der Mann bestimmt. «Deine Mutter, Tom, wir alle.»

«Wenn du meinst, Aaron», entgegnete die Frau. «Aber ich finde, es hat etwas Unmoralisches.»

Er beugte sich vor und flüsterte ihr zu: «Sei still, Lily. Du machst alles kaputt. Ich hole jetzt den Pferdewagen.»

Der alte Mann träumte. Er saß in dem rüttelnden Abteil, den Kopf gegen die Scheibe gelehnt, mit geschlossenen Augen und entspannten Gliedern. Der Zug schüttelte ihn, doch er träumte weiter. Er sah die vier maskierten Tänzer, die aus der Menge hervortraten. Einige Frauen liefen auf sie zu, streckten die Arme, um sie anzufassen, um sich ihre Kraft, den Geist der Berge, einzuverleiben, denn sie waren Geister geworden. Sie streckten die Arme den heilenden Kräften entgegen, die ihnen die Geister heute geben sollten.

Die große Dampflok zog den Zug über die Gleise durch das flache Land. Doch der alte Mann war weit weg, hoch oben in seinen Bergen, in seinem Dorf nahe dem guten Fluß. Ein junges Mädchen war kürzlich zur Frau geworden, und die maskierten Tänzer bewegten sich in der Menge und gaben heilige Kraft und Gesundheit. Alles war so, wie es sein sollte.

Er wachte auf. Es war ein guter Traum gewesen. Er fühlte sich erfrischt. Jetzt konnte er auf das vorbeigleitende Land von Oklahoma schauen und an den bevorstehenden Tag denken. Er legte eine Hand auf eine rechteckige Holzschachtel, die auf dem Sitz neben ihm stand, hob die Schachtel hoch und schüttelte sie leicht. Leise klickernde Geräusche drangen aus ihrem Inneren. Ein kleines Lächeln milderte seine strengen Züge. Er lehnte seinen Kopf wieder an das Fenster, lauschte auf das regelmäßige Stampfen der Dampfmaschine und auf das rhythmische Rütteln der Waggons auf den Gleisen. Er schloß die Augen, schlief aber nicht. Bald würden sie anhalten. Bald würde er das Kreischen der Räder hören. Bald würde er das Quietschen, das Zugreifen der Bremsen vernehmen.

Der Zug war schon vor einigen Minuten an dem kleinen Bahnhof zum Stehen gekommen, als der alte Mann ausstieg. Vorsichtig trat er auf den Bahnsteig und ging nun auf eine kleine Gruppe von Leuten zu, die an dem einen Ende beieinanderstanden. Als sie ihn sahen, erhob sich eine Art Raunen. Sie begannen, von einem Bein auf das andere zu treten und zu murmeln, während sie den alten Mann beobachteten, der sich ihnen näherte. Er trug die Kleidung eines weißen Mannes, eine verblichene blaue Armeejacke mit einer langen Knopfreihe, eine Hose in derselben Farbe und Cowboystiefel. Die Stiefel waren sehr glänzend, als würde er gut auf sie achten. Doch sein ziemlich ungepflegtes, graues Haar war fast schulterlang, und er trug das traditionelle breite Apachenstirnband.

Mit schnellem Blick nahm der alte Mann ihre gierigen, hungrigen Augen wahr und bemerkte zugleich in einigen ein ängstliches Flackern. Und so veränderte er seine Gehweise kaum merklich in ein Schlurfen.

Sie schubsten sich gegenseitig, nun da er fast bei ihnen angelangt war. Leute, die weiter hinten standen, reckten die Hälse, um besser sehen zu können. Hohe, schrille Kinderstimmen erreichten das Ohr des Mannes.

«Kann ich ihn sehen?»

«Heb mich hoch, Pa!»

Und der alte Apache war umringt. Einige Hände streckten sich ihm entgegen, um flüchtig seinen Ärmel zu berühren, dann dreistere, die seinen Arm unter der Kleidung spüren wollten. Alle waren um ihn herum. Einige schoben ihre Kinder nach vorne.

«He, Geronimo!» tönte die Stimme eines Mannes von hinten. «Kannst du uns deinen Kriegsschrei hören lassen?»

Nervöses Lachen war zu hören. Dann rief jemand anders: «Wie wär's mit einem kleinen Kriegstanz, Geronimo?»

Eine sonnengebleichte Bank stand vor der hölzernen Wand des Bahnhofs. Der alte Mann setzte sich darauf und griff tief in die Tasche seiner Hose. Die Leute wichen ein wenig zurück.

Umständlich zog er ein Armeeklappmesser hervor. Sie beobachteten, wie er es öffnete, und bemerkten seine starken, flinken und überraschend kleinen Hände. Die Klinge blitzte kurz in der späten Morgensonne auf, und die Leute verspürten eine plötzliche Angst, die ihnen an die Kehle ging und dann in die Eingeweide. Sie beobachteten ihn. Der alte Mann schnitt einen Knopf von seiner Jacke ab. Langsam und vorsichtig durchtrennte er die Fäden, die ihn mit dem Stoff verbanden. Er hielt das kleine runde Metallstück, das in seiner Hand lag, in die Runde.

«Knopf», sagte er. «Wollen Sie ihn kaufen?»

Jemand rief: «Für wieviel?»

«Fünf Cent», sagte der alte Mann. «Ein Knopf von Geronimos Jacke für fünf Cent.»

Die Leute drängten sich wieder näher.

«Ich will ihn!» rief eine Frau. «Hier sind die fünf Cent!»

«Würdest du noch einen abschneiden?» fragte eine Stimme.

«Kann ich einen haben, Pa?» rief ein Kind.

«Einen anderen Knopf kaufen?» fragte der alte Mann.

«Ich will einen!» – «Ich auch!» – «Hier ist der Fünfer!» – «Hier ist meiner!»

Die Stimmen überschlugen sich immer schneller.

Jemand schob einen Rollstuhl durch die Menge nach vorn. Eine Männerstimme rief: «Kommt, Leute, laßt meinen Jungen auch mal sehen, seid so nett!»

Jemand schrie: «Laßt doch Aarons Kind durch!»

Der alte Mann schaute von seiner Arbeit auf. Er hatte gerade den letzten Knopf von seiner Jacke abgetrennt.

Ein verzerrter Junge mit zusammengepreßten Knien und zur Seite geworfenem Kopf, die Hände einwärts verdreht, saß vor ihm in einem Stuhl mit Rädern. Ein großer bärtiger Mann stand hinter dem Stuhl, an seiner Seite eine zierliche dunkelhaarige Frau, die ein kleines Mädchen auf dem Arm trug.

Der bärtige Mann lächelte linkisch.

«Einen für uns, bitte», sagte er, während er das Geldstück hinhielt.

Der alte Mann hatte aufgehört, sich zu bewegen. Es schien, als wäre er in weiter Ferne. Er schaute auf den Jungen, aber er war weit weg. Ein befremdliches Schweigen machte sich unter den Leuten breit. Und dann nahm er die Hand des Jungen. Der alte Mann konnte sehen, daß die Augen des Jungen ihn fixierten. Große dunkle Augen blickten hoch zu ihm wie aus der Tiefe eines Brunnens. Langsam bog der alte Apache die kleinen verkrampften Finger auf, legte den Knopf in die Handfläche und drückte die Finger wieder zusammen. Während er immer noch die Hand des Jungen hielt, beugte er sich vor und flüsterte ihm etwas zu. Dann richtete er sich auf, klappte das Messer zu, steckte es zurück in die Hosentasche und ging, ohne irgendein Wort zu sagen, den Bahnsteig entlang auf den Waggon zu, aus dem er ausgestiegen war. Seine Stiefel klangen dumpf auf den warmen Holzplanken.

Tom fühlte den Knopf in seiner Hand. Sein Herz schlug schnell. Auf seiner Zunge schmeckte er Staub von der langen Fahrt durch die Maisfelder. Er beobachtete, wie der alte Mann zurück in den Zug stieg. Einige Soldaten, die vor dem Waggon herumgelungert hatten, stiegen nach ihm ein.

Dann ertönte der schrille Ton der Lokomotive, ein großer Dampfseufzer, und der Zug fuhr langsam aus dem Bahnhof und trug den alten Mann davon.

«Was hat er gesagt, Tom?» fragte der Vater ganz aufgeregt, als er seinen Sohn zum Pferdewagen zurückschob. «Er hat doch was gesagt, oder?»

Tom machte keinen Versuch zu sprechen. Er hatte die Worte des alten Mannes nicht verstanden. Aber einen Augenblick lang hatten sie geklungen wie Flügel, wie Flügel im Wind. Er ließ sie durch seinen Kopf klingen, wieder und wieder. Den Knopf hielt er fest in der Hand.

Der alte Mann im schaukelnden Zug hatte sich wieder auf seinen Platz gesetzt.

«Gutes Geschäft heute, Alter, was?» sagte lachend einer der Soldaten am anderen Ende des Waggons.

Der alte Mann antwortete nicht. Er öffnete die Holzschachtel, die auf dem Nebensitz stand. Darin waren zwei Fächer. Das eine enthielt Geldstücke, das andere einen Vorrat an Knöpfen. Er zog seine Uniformjacke aus, suchte zwischen den Knöpfen und zog Nadel und Faden hervor, legte die Jacke auf seinen Schoß, wählte einen Knopf aus der Schachtel aus und machte sich daran, ihn anzunähen. Bis zum nächsten Bahnhof hatte er viel Zeit. Er tat seine Arbeit sorgsam und gut.

Eine Fotoschachtel
1992

Die rechteckige weiße Schachtel gleitet mir durch die Finger und fällt kopfüber auf den Boden. Ihr Inhalt ergießt sich mit einem trockenen Plumps. Mist! Warum hatte ich auch den Deckel nicht festgeklebt? Auf den Knien klaube ich ungeduldig die verstreuten Bilder auf, Polaroids, Schnappschüsse, Zeitungsausschnitte, Ansichtskarten. So schnell ich kann, werfe ich sie zurück in den glänzenden weißen Pappkarton. Ich muß das alles eines Tages mal sortieren, die Schachtel ist fast voll. Eine wogende Flut von Fotos. Eine schreckliche Arbeit! So viele Bilder, die niemals in ein Album geklebt worden sind, nicht einmal beschriftet oder datiert. Ich bin schlecht im Beschriften und Datieren. Vielleicht weil ich dann immer an den Tod denken muß. Ich seufze, setze mich im Schneidersitz auf den Boden und beginne, den ungeordneten Stapel durchzuschauen.

*Hier ist ein Sommerfoto*: Am Mittelmeer, an der katalanischen Küste, auf der Landzunge am Kap de Creus, wo der Wind niemals aufhört zu wehen, wo der Boden mit dunklen und glänzenden flachen Glimmersteinen übersät ist, hoch oben am Leuchtturm, der über das Meer schaut. Meine drei Kinder stehen vor der weißen Wand des Leuchtturms. Sie lächeln und winken in ihren Sommerkleidern.

*Ein Schnappschuß in Schwarzweiß*: Das kleine Ferienhaus meiner Eltern am Meer, nahe bei Gause Landing in North Carolina. Alles gefleckt von den Schatten des herabhängenden spanischen Mooses, das sich in sehr feinen Fäden von einer gewaltigen Eiche ergießt. Vor achtzehn Jahren war ich dort mit meinem Vater, meinem Bruder und meinen beiden Schwestern, als meine Mutter in einem Krankenhaus, das eine halbe Stunde entfernt war, im Sterben lag. Eine ältere schwarze Frau saß hinter mir, die alte Emma, die meine Mutter die ganzen letzten Tage pflegte. Sie saß hinter mir, flocht kleine Zöpfe in mein Haar und löste sie wieder. Ich lebte damals bereits in Frankreich, ich war verheiratet, hatte schon Kinder, doch die alte Frau spielte unermüdlich mit meinem Haar in einer besänftigenden Weise, als wäre ich ein Kind.

*Die Veranda*: Eine Sekunde lang frage ich mich, wo das ist. Die Schaukel hängt leer da. Jemand war gerade aufgestanden und ins Haus gegangen. Das Foto ist verschwommen. Die Hängebank bewegte sich noch, als das Foto gemacht wurde. Vielleicht eins, das ich gemacht hatte, auf einer Reise in die Staaten von Frankreich aus, auf der eifrigen Suche nach einem typisch amerikanischen Bild. Ich entscheide, es ist das Haus meines Bruders in Washington D.C., in das er gleich nach seiner Heirat zog.

*Ein dunkler glänzender Druck, mit dem Teleobjektiv aufgenommen*: Zwei Engel in Venedig von Tintoretto, mit durchsichtigen Schatten, man kann hindurchsehen, hoch oben auf einer Mauer der Scuola San Rocco.

*Ein ganzer Stoß Ansichtskarten aus Venedig*: Tintoretto, der Sturm von Giorgione, Tintoretto, Tintoretto, Tintoretto.

*Ferienbild, North Carolina, blasse Farben, überbelichtet*: Schatten tieffliegender Vögel über einem breiten Strand.

*Mein Mann, unsere drei Kinder und ich*: Wir stehen mit der alten Emma vor ihrem ärmlichen Holzhaus, einer Hütte, an einer Straße hinter dem Meer, viele Jahre nach dem Tod meiner Mutter. Meine jüngste Schwester, die diesen Sommer mit uns verbrachte, kann ich nicht entdecken. Wahrscheinlich hat sie das Foto aufgenommen. Emma sagte uns damals mit ihrer rauhen, vibrierenden Stimme: «Ich bin am unteren Ende der Straße geboren, die meiste Zeit meines Lebens habe ich am anderen Ende gewohnt, und ich nehme an, ich werde hier, genau in der Mitte, sterben.»

Ihr Grab ist mit Muscheln bedeckt. Aber sie ging niemals zum Strand.

*Ein Foto, das ich von dem Pont de l'Alma aufgenommen habe*: Ein mit Sand hochbeladener Lastkahn, der in der Abenddämmerung die Seine hochfährt.

*Darunter versteckt ist eine ganz weiße Karte*: Ich ziehe sie heraus. Zwei Zeilen sind auf die Karte gedruckt. Es ist eine von vielen, die uns ein befreundeter Künstler aus New York geschickt hat. Darauf stehen immer dieselben zwei Zeilen:

> WIR SIND SCHIFFE AUF DEM MEER
> KEINE ENTEN AUF EINEM WEIHER.

*Unser Haus in Taipeh, als ich fünfzehn war*: Es war von einer Mauer umgeben. Am Rand oben war sie gespickt mit Glasscherben. Vater war Presseattaché der Botschaft. Es war so heiß. Ich erinnere mich, wie ich über den mit Tatami ausgelegten Flur zu meinem Schlafzimmer gehe, meine Schulbücher auf das Bett werfe und mein Gesicht gegen die Klimaanlage halte. Draußen, im Hof hinter der Küche, hockte die Amah und entfachte die Kohlen in dem irdenen Ofen. Ich konnte auf chinesisch bis zehn zählen, aber ich ging auf die Schule im amerikanischen Ghetto.

*Mit meiner alten Instamatic aufgenommen*: aus einem Zug heraus, der nach Süden fährt, die grauen Mäander der Loire, das sanft strömende Wasser der Loire.

*Ein Polaroid von einer Reise nach New York im letzten Jahr*: Hoch türmt sich das Gepäck der Immigranten in der riesigen Eingangshalle des Museums auf Ellis Island. Das ist das erste, was man sieht, wenn man das Museum betritt. Ihre Schrankkoffer, ihre verbeulten Koffer, ihre Kartons und Decken, alles lag beisammen in einer langen Reihe. Und als ich dort stand, wußte ich plötzlich mit absoluter Gewißheit, daß ich niemals wieder in den USA leben konnte.

*Das ist ein Schlafzimmer in den USA*: Es ist ein kleines Schwarzweißfoto mit gezackten Rändern, so wie man sie in den Fünfzigern machte. Wo war das? Vielleicht im Haus in Charlotte, ehe es meine Mutter renovieren ließ. Der Raum ist kahl bis auf ein Messingbett mit einer Matratze in der Ecke zwischen zwei Fenstern. Die Art von Fenster, die man hochdrücken muß, um es zu öffnen. Die gestreifte Matratze hat kleine Wölbungen und büschelartige Vertiefungen überall. Licht fällt in einem breiten Streifen durch das vorhanglose Fenster auf das Bett. Die durchsichtigen Papierrollos sind halb heruntergelassen. Ein leichter Gegenstand hängt von der Decke herab, zwei cremefarbene Glaskugeln, eine unter der anderen.

*Ich fische unten aus dem Stapel eine Ansichtskarte mit der Reproduktion eines Fotos von Walker Evans*: Wie alle seine Fotos betrachte ich es ausgiebig. Der hohe kleine Salon eines großen Südstaaten-Plantagenhauses, so leer und so voll, voller leichtem und süßem Verfall.

*Hier ist ein weißer Umschlag, so einer, der von selbst klebt*: Man kann sie in Frankreich im Supermarkt in zellophanverpackten Hunderterpacks kaufen. Doch der Leim auf diesem Umschlag ist seit langer Zeit eingetrocknet. Dieser hier klebt nicht mehr. In ihm entdecke ich eine sehr alte Postkarte aus billigem dünnen Papier in Schwarz und Braun. Es ist ein Foto vom Alexanderplatz in Berlin, kurz nach dem Krieg. Der Blick auf den Platz ist eingerahmt von den dunklen Anschnitten zweier zerbrochener Fenster. Das Foto ist von oben aufgenommen worden, wahrscheinlich aus dem sechsten oder siebten Stock eines zerbombten

Gebäudes. Die Straße ist von aufgetürmten Trümmersteinen gesäumt, alle Gebäude sind ausgebombt wie Skelette. Dennoch laufen Menschen dort unten, und eine Straßenbahn fährt um die Ecke. Im Vordergrund, auf der Fensterbank, sieht man Glassplitter und heruntergefallenen Putz. Mein Vater muß dieses Foto achtundvierzig oder neunundvierzig gefunden haben, als wir dort lebten.

*In dem Umschlag ist auch ein verschwommener Schwarzweiß-Schnappschuß*: Ich sitze auf dem Schoß einer älteren Frau auf einer Bank in unserem Garten in Berlin. Ich bin ungefähr fünf Jahre alt. Die Frau ist mein Kindermädchen, eine deutsche Baronin, die im Krieg alles verloren hat. Ich erinnere mich, von ihr die «Lorelei» singen gelernt zu haben, oben in dem kleinen Zimmer, wo sie unter dem Dach unseres Hauses wohnte.

Ich weiß nicht, was soll es bedeuten
Daß ich so traurig bin,
Ein Märchen aus uralten Zeiten
Das geht mir nicht aus dem Sinn …

Sie war eine kleine, zierliche Frau mit kräftigen Händen und gebräunter Haut, nicht zu stolz, eine weiße Schürze zu tragen und für die Amerikaner zu arbeiten, nicht zu stolz, ihre Kinder zu füttern und zu baden und ihnen ihre Sprache beizubringen, sie zu küssen und anzulächeln mit ihren strahlend blauen Augen.

*Ich nehme eine andere Ansichtskarte in die Hand, eine, die ich letztes Jahr in Amsterdam im Anne-Frank-Haus gekauft habe*: Der Bücherschrank, der einst die Eingangstür zur Wohnung tarnte, wo die Familie sich all die Jahre vor den Nazis versteckt hielt. Es sind keine Bücher darin. Der Bücherschrank steht jetzt immer geöffnet da, durch ihn hindurch können Touristen in die leeren Zimmer gelangen. Sie können die Striche an der Wand sehen, die Otto Frank gemacht hat, um die Größe seiner Kinder zu markieren, bis sie verraten, entdeckt und abtransportiert wurden.

*Hier bin ich mit meinem Großvater in Charlotte, ein kleines Farbfoto*: Wir sitzen auf dem Sofa und betrachten gemeinsam ein Bilderbuch. Ich bin neun Jahre alt, ich bin vor kurzem mit meinen Eltern aus Deutschland zurückgekehrt. Ich erinnere mich an einen Sonntagmorgen in unserem großen Haus. Mein Großvater liegt noch im Bett, in seinem hohen Mahagonibett mit den vier Bettpfosten. Er hat eisblaue Augen. Ich bin in sein Bett geklettert, um ihn zu streicheln. Großvater neckt mich immer, aber jetzt spricht er ganz ernst mit mir, weil ich etwas gesagt habe, was ihm nicht gefällt. Er macht große Gesten mit seiner teilweise verkrüppelten Hand und sagt: «Es muß eine herrschende Rasse geben.» Auf einmal zieht sich mein Magen zusammen. Ich weiß plötzlich, daß ich für meinen Großvater eine Fremde sein werde.

*Ein aus einem Buch herausgerissenes Bild*: Eine

Frau mit traurigen Augen, die aber dennoch lächelt, in den Ebenen von Kansas. Sie hält die Griffe einer Schubkarre, die mit Prärieerde gefüllt ist. Es ist das Jahr 1890. Sie schaut in die Kamera.

*Ein Engel von Bellini, ganz in goldenem Licht*: Wieder Venedig, ein Musikengel spielt Mandoline, den Körper vorgebeugt, den Kopf gesenkt. Er lächelt feierlich. Einen Fuß auf eine Steinstufe gestellt, hält er die Mandoline auf seinem molligen Knie. Wieder Venedig. Wir sind spät in einer Dezembernacht dort angekommen, haben den häßlichen Parkplatz im dichten Nebel überquert. Mit unserem leichten Gepäck in der Hand gingen wir durch die Schwaden. Dann, als höbe sich ein Vorhang, war da mit einem Mal ein Kanal.

*Ein Bild, das ich aus einem Buch ausgeschnitten habe*: Es ist im selben Jahr aufgenommen wie die Frau in Kansas. Häuptling Big Foot liegt sterbend im Schnee bei Wounded Knee. Um seinen Kopf ein Tuch gewickelt, als hätte er Zahnschmerzen, seine Unterarme zeigen merkwürdig verdreht nach oben. Big Foot tot zwischen all den massakrierten Toten.

*Hier bei der Fête de l'Humanité, wir liegen alle im Gras in Courneuve, nahe bei Paris, irgendwann in den verrückten Siebzigern:* Mein Mann trägt unsere älteste Tochter auf den Schultern. Sie muß etwa sieben sein. Ich sitze mit der jüngeren im Gras. Wir sehen alle wie Hippies aus. Unser Sohn ist noch nicht geboren. Die

Chilenen sangen: «El pueblo unido jamás sera vencido.» Wir haben mitgesungen, bis wir heiser waren.

*Eine weiße Karte, deren Ränder leicht vergilbt sind, mit meiner Handschrift drauf:* Ich hatte einen Text der Navajos abgeschrieben: «Die Hufe des Pferdes sind Illusion, sein Gang ist der Regenbogen; die Sonne hält seine Zügel; sein Schweif ist schwarzer Regen, eine kleine Regenwolke seine Mähne; seine Ohren sind entfernte Blitze, seine Augen große, funkelnde Sterne, seine Zähne sind aus weißen Muscheln, seine Stimme ist eine schwarze Flöte, seine Lippen bestehen aus großen Perlen, sein Kopf ist die Vegetation, sein Körper die Morgenröte.»

*Ein zusammengefaltetes Stück Papier*: Ich falte es auf. Die Fotokopie einer Fotografie von Geronimo. Ich hatte es auf meinem Schreibtisch, als ich damals an seiner Biographie arbeitete. Er lehnt sich gegen eine sonnenbeschienene Mauer, hat die Arme vor der Brust verschränkt. Er hat sich gerade ergeben. Er hat auch gerade seine hochgeschlossenen Apachen-Mokassins gegen ein Paar spitze mexikanische Lederstiefel eingetauscht. Man wird ihn in einem Gefangenenwagen nach Florida bringen. Er wird seine Berge niemals wiedersehen.

*Ansichtskarte*: Wahrscheinlich aus der Urubamba-Galerie, nahe bei Notre Dame in Paris, ein Ort, den ich häufig besuche. Das Kleid einer Cheyenne-Frau aus weißem Hirschleder, ausgebreitet auf einem blaßblauen Hintergrund, um die zierlichen bunten Stickereien besser zur Geltung zu bringen. So wie es daliegt, sieht es genauso tot aus wie Häuptling Big Foot.

*Mein Mann, meine Töchter und ich mit unserem neugeborenen Sohn im Wald von Soignes am Stadtrand von Brüssel*: Die Bäume sind gerade und hochgewachsen wie die Schiffsmasten, die man daraus gebaut hatte. Wir lächeln alle in die Kamera. Ich kann mich nicht erinnern, wer das Foto aufgenommen hat.

*Ansichtskarte*: Sepiabraun. Eine Pioniersfamilie vor ihrem in den Hang hineingebauten Lehmhaus. Ein hagerer, bärtiger Mann, seine stattliche Frau und ihre Kinder, drei Mädchen in Baumwollkleidern und ein Junge in Arbeitshosen. Sie sind alle aufgereiht. Die Eltern sitzen auf Stühlen in der Mitte, die Mädchen stehen links von ihnen, der Junge rechts. Eine Kuh steht auf dem Dach, das zugleich der Hang des Hügels ist.

*Schnappschuß in Schwarzweiß von meiner Mutter und meinem Vater*: Sie sitzen auf einer niedrigen Mauer und lehnen sich aneinander. Sie sind sehr jung. Meine Mutter trägt einen schwarzen gestrickten Badeanzug. Mein Vater hat eine Badehose an, trägt keine Brille, ist schlank und lächelt. Das ist wahrscheinlich in irgendeinem Ferienort in Deutschland.

*Ich, in der Badewanne mit meinem Bruder, in Frankfurt, schief grinsend*: Ich lege das Foto auf den Boden neben mich, wühle wieder in dem Stapel auf meinen Schoß und finde *das leere Zimmer in Charlot-*

*te*. Ich lege es neben das Badezimmerbild. Dazu lege ich die Schatten der Möwen auf dem Strand von North Carolina. Dann schiebe ich sie alle drei zurück in den Stapel.

*Ein Zeitungsausschnitt aus der Herald Tribune*: der bedrohliche Trichter eines Tornados, der 1979 Texas verwüstete.

*Mein Bruder, meine Schwestern und ich tollen mit meinem Vater auf dem Rasen unseres Gartens in Wien*: Wir machten uns einen Spaß daraus, uns selbst Botschaftsgören zu nennen, die alle zwei, drei Jahre entwurzelt wurden. Berlin, Paris, Frankfurt, München, Wien, Taipeh, Paris, München, Washington ... Ich höre meinen Vater lachend zu meiner Mutter sagen: «Nun ja, das war eine Art Leben ...»

Draußen höre ich meinen Sohn rufen: «Maman, viens voir!»

Die Flügeltür hinter mir ist leicht angelehnt und führt auf die Terrasse. Ich kann die linde Frühlingsluft riechen. Doch ich antworte nicht gleich.

*Hier ist ein Foto von mir am Strand von Cadaquès, etwas unterhalb vom windumwehten Cap de Creus*: Man sieht nur meinen nackten Rücken, ich sitze auf einem Felsen und schaue auf das Meer.

Wieder ruft mein Sohn, diesmal etwas lauter: «Maman!»

Ich lege alle Bilder zurück in die Schachtel, drücke sie sanft zurecht. Ihre glatten Flächen gleiten übereinander, als ich versuche, eine ebene Oberfläche aus diesem kleinen Papiermeer zu machen. Es sind so viele, da komme ich heute niemals durch. Ich verschließe die Schachtel mit dem Deckel und schiebe sie unter meinen Schreibtisch. Ich brauche sie. Ich werde die Bilder so aufheben, wie sie sind, hier auf dem Boden, nahe bei meinen Füßen, in Reichweite.

Ich gehe auf die Terrasse hinaus, auf die Stimme zu, die mich erwartet.